Berlijn

Een roman uit de Tweede Wereldoorlog

Richard G. Hole

Berlijn
Een roman uit de Tweede Wereldoorlog

Richard G. Hole

Tweede Wereldoorlog

KORTE INHOUD

Dat was Berlijn...

Het angstaanjagende Berlijn van enkele angstaanjagende historische data, waarin danteske bleke wezens, uitgemergeld en nerveus, door zijn puinhopen, door zijn lanen van puin, ruïnes en naakte, zwartgeblakerde muren bewogen met niets achter, behalve de huiveringwekkende leegte van hun huizen zonder muren , dak, muren of mensen; met die afschuwelijke opening van lege ogen die de ramen waren die uitkeken op de lucht zelf, grijs en bewolkt als de atmosfeer van de Duitse hoofdstad.

Ja. Dat was Berlijn.

Dat was de trotse hoofdstad van het Derde Rijk, belegerd door Russische troepen, die al furieus vochten in de buitenwijken van de hoofdstad, op de bruggen die ernaartoe leidden ...

Berlijn is een verhaal dat deel uitmaakt van de collectie van de Tweede Wereldoorlog, een reeks oorlogsromans ontwikkeld in de Tweede Wereldoorlog.

BERLIJN

4

4

1

Het begon allemaal op een ochtend.

De dageraad van 16 april 1945. Men kan zeggen dat alles in die uren begon ... of dat praktisch de voltooiing van alles begon. Het was het begin van het einde. Velen wisten het niet. Een paar vermoedden het. Sommigen wisten het positief.

De nacht was relatief rustig geweest in de Oost-Duitse straat. Een rustige nacht, onderbroken door enkele geïsoleerde schietpartijen, tussen de Sovjettroepen en de nazi's; maar altijd zonder diepte of duur. Dat was wat de Oder-sector betrof.

Meer dan twintigduizend monden brulden plotseling en verbraken die relatieve stilte. Een hels gebrul leek het land langs de Oder-depressie te schudden. De soldaten van het Negende Rijksleger wisten dat het de eerste Russische aanval was op belangrijke Duitse verdedigingswerken. Ze verwachtten het en verzetten zich ertegen. Ze boden weerstand, hoewel het offensief veel krachtiger en verschrikkelijker was dan ze zich hadden voorgesteld. Ze verzetten zich, hoewel de mannen van het Reich, in aantal en materieel, zich in een duidelijke en klinkende innerlijkheid bevonden.

""Heil Hitler "" schreeuwden de officieren, terwijl ze hun lippen krachtig op elkaar drukten. "Houd stand, soldaten! Moed en energie! Berlijn zal nooit van de vijand zijn! Europa, en daarmee Berlijn, zal nooit van de Russen zijn!

De soldaten vochten, aangespoord door die korte, levendige toespraken. Ze zetten alles op hun kant. Maar niemand was er zeker van dat de wil van zijn Führer kon worden uitgevoerd. Niet nu de Duitse trente af en toe afbrokkelt.

Het Oderfront bood, ondanks de verschrikkelijke aandrang, nauwelijks weerstand tegen de verwoestende last van de Sovjet-gepantserde colonnes. Stoottroepen, luchtvaart, tanks en artillerie vormden een lawine die nauwelijks te verdragen was door de gedecimeerde en gedemoraliseerde soldaten van Hitler-Duitsland.

De glorieuze momenten, de gouden data van de trotse 'Luftwaffe' van het 'Afrika Korps', van de oogverblindende overwinningen van de Duitse legers waren voorbij.

Het was niet meer mogelijk om veel langer weerstand te bieden. De dagen van het Derde Rijk waren geteld. Zijn trots stortte in op hetzelfde moment als zijn formidabele militaire machine, gebarsten door duizend klappen.

Maar daar, in de Oder, geconfronteerd met een dappere, taaie en koppige vijand, die op zoek was naar de kortste en snelste weg naar Berlijn, doorstonden de uitgeputte en geharde mannen van het Negende Leger het oostelijke offensief, ze hielden de Russische soldaten tegen de tijd een beetje verlengen. De doodsangst van Duitsland, het gekwelde, bevende en koortsachtige wachten op een Berlijn in puin dat alleen het ergste leek af te wachten ...

Niet alle fronten hadden evenveel weerstand. Chaos begon zich al te ontvouwen met onuitwisbare en klinkende karakters op een ander front dat niet minder transcendentaal is voor het toekomstige lot van Duitsland en zijn nationaal-socialistische leiders: dat van de Neisse.

Daar waren het het Tweede en Vierde Leger van de Sovjet-Unie die de resolute aanval op de nazi-verdediging ondernamen. Beide legers waren dringend versterkt met duizenden en duizenden zware tanks en verschillende speciaal opgeleide infanteriekorpsen van het leger. Vooraan, verzwakt en wankelend, kon het Duitse Vierde Leger niet veel weerstand bieden.

In wanhoop verdroeg ze een paar uur. Toen stortte het in...

Geallieerde stations waren de eersten die het nieuws brachten:

De voorkant van de Neisse is gebroken. Russische troepen rukken al rechtstreeks op naar Berlijn in een werkelijk dodelijke pijlpunt. De uren van het Derde Rijk zijn genummerd ... »

De uren van het Derde Rijk zijn geteld!

Het idee lukte nauwelijks om te openen in deverbijsterde, gegalvaniseerde geesten van de groten van het nazisme. Ze konden niet geloven wat ze hoorden. Maar ze wisten dat het de waarheid was. Zij, beter dan wie ook, konden het weten. De rapporten, de berichten en het nieuws, die onophoudelijk het hoofdkwartier van het Derde Rijk bereikten, waren allemaal toevallig: het Neisse-front was onherstelbaar aan het zinken. ..

"Soldaten van het Oost-Duitse front!:" Voor de laatste keer is de vijand in het offensief gegaan; proberen Duitsland te vernietigen en ons volk te vernietigen. Jullie soldaten van het Oosten weten zelf wat het lot in de eerste plaats bedreigt voor Duitse vrouwen en kinderen. Terwijl oude mannen, mannen en kinderen zullen worden vermoord, zullen vrouwen en meisjes worden vernederd, gereduceerd tot de laagste en meest oneervolle toestand. De rest gaat naar Siberië ... »

Het was natuurlijk ondertekend door Adolf Hitler. En het was ontworpen om het moreel van de soldaten die vechten tegen het onvermijdelijke op alle fronten in het Oosten heel te houden.

Tegen die tijd kwamen de orders al uit de kelders van de Kanselarij, vijftien meter onder de grond. Hitler had zijn toevlucht gezocht in de Berlijnse "bunker" in afwachting van wat er met de Duitse hoofdstad zou kunnen gebeuren, nu de vijand al zo dichtbij was, nu de vijandelijke kanonnen al rond de grote Berlijnse metropool brulden ...

Het was een moment in de geschiedenis. Het grote keerpunt in de Duitse geschiedenis. En van de hele mensheid, dramnaarethisch verbonden met de wensen van een volk dat door de meest gigantische en fanatieke gek aller tijden naar de holocaust was geleid ...

In die tijd waren andere levens op een vreemde manier verbonden met het leven en de dood van Adolf Hitler.

Levens zoals die van Goebbels, Göring, Himmler, Eva Braun, Krebs ...

Y andere donkere levens. leeft datze zouden nooit de geschiedenis ingaan. Levens van grijze wezens, in de grijze wereld die altijd de grote lichten van de geschiedenis omringt.

Leeft als Karl Martin, officier van het Derde Rijk. In het bijzonder een officier in de "Panzer 21"-divisie, dezelfde formidabele divisie die deel uitmaakte van Erwin Rommel's "Afrika Korps" ...

Karl Martin, die door Destiny werd gekozen als nog een personage in die donkere, sinistere en hallucinante uren van de Berlijnse doodsangst, de doodsangst van Duitsland en zijn supermensen ...

* * *

"Rommel is op zeventien juli niet aan zijn verwondingen overleden. Rommel werd vermoord.

Een dodelijke, ijzige stilte verwelkomde de gedurfde, ongelooflijke woorden van de jonge officier.

Karl Martin was niet tevreden met het laten vallen van die verbale bom in de bierhal vol geüniformeerde mannen met stalen helmen, ijzeren kruisen, eikenbladeren en hakenkruis op de bruine krijgers. Hij was naar de toonbank gekomen, nam een flinke slok bier, zodra hij zijn nadrukkelijke zin had uitgesproken, zette toen de Beierse kroes, schuimend van de gouden vloeistof, weer neer en deed nog een paar stappen. Zijn glimmende zwarte laarzen donderden op de vloer van de winkel.

Hij stopte plotseling. Opnieuw vaardigde hij een roekeloos, bijna suïcidaal criterium uit:

"Ik weet wat er met onze quarterback is gebeurd. Ik kan verwijzen naar wat er is gebeurd, heren. Ik kon iedereen vertellen dat Erwin Rommel, onze heldhaftige Grand Marshal, gevaarlijk was voor iemand. En dat iemand hem heeft geëlimineerd. De rest was een schijnvertoning. Zelfs begrafenissen en herdenkingen.

Weer een stilte. Verdoving, ongeloof verscheen op de gezichten van de aanwezigen. Iemand waarschuwde:

'Pas op, Martijn. Alles wat je zegt is heel serieus. Als iemand je heeft gehoord...

"Wat is er verkeerd?" Karl wendde zich tot zijn partner. Ben je bang?

"Eerlijk gezegd... ja.

"Prachtig! Wij zijn het beste leger ter wereld. En we zijn bang om te spreken, bang om de waarheid te vertellen. Zijn we soldaten of ineengedoken sletten?

'Martin, ik denk dat je overdrijft,' waarschuwde een ander. " We hebben allemaal het einde van onze baas hetzelfde gevoeld als jij. Maar wat kunnen we nu doen? De divisie "Panzer Twenty-one" is verspreid over verschillende missies in Europa vanaf de verdediging van Caen tot vandaag. Niemand kan de maarschalk weer tot leven.En de zaken in Duitsland zijn zo erg dat we het risico lopen dat de meesten van ons worden doodgeschoten of gevangengezet wegens vermeende laster en opstandige opmerkingen.

"We zijn verplicht de waarheid in de ogen te kijken!" Maarten protesteerde. "We zijn niet van plan een opstand uit te lokken, maar om ruzie te maken, om erachter te komen wat er met Erwin Rommel is gebeurd. Weten waarom en door wie hij werd gedood, vernietigd.

Weer die gespannen, irritante, verontrustende stilte. En weer een stem, die van een andere officier van de «Panzer»-divisie, aanwezig in het pand:

'Wij allemaal... we weten allemaal wie Rommel heeft vermoord, Martin. Waarom erover praten?

"Waarom erover praten?" herhaalde Karl woedend. Waarom niet spreken? Omdat de moordenaar... "Adolf Hitler" heet?

Het was als een gewelddadige schok. Van angst, van angst, van ongemak voor alle aanwezigen. Kapitein Brunner zette zijn bier neer, stond op, liep de kamer door en verliet het pand in volledige stilte.

Toen was het sergeant Wiemar, met Obbër, korporaal Schultz ... En dus gingen ze allemaal één voor één weg, Karl Martin, de gedurfde officier van de gevaarlijke beweringen, alleen achterlatend in het midden van de kamer.

Maar hij was niet helemaal alleen. Uit een verre hoek, achter de grote vaten die aan het einde van de brouwerij stonden opgesteld, kwam langzaam een andere soldaat tevoorschijn. Met een rustige gang naderde hij Karl. Over zijn pul bier heen keek hij hem onverschillig aan.

'Ga jij ook niet weg, Rudolph?' vroeg Karl zuur. Als angst je in de greep houdt, kun je maar beter met de anderen weggaan. Lafaards walgen van mij. En men lijkt hier overal door hen omringd te zijn. Dit is het grote Duitsland waar de gekke man van droomde...

"Karl, ik spreek je als vriend" zuchtte de andere soldaat en zette zijn lege mok op het aanrecht. "Als militair zou ik het niet kunnen. U bent luitenant en ik ben sergeant. Ik kan u geen advies geven. Maar luister naar de vriend. Naar Rudolph Börn, de man.

'Ik luister naar je, Rudy. Spreekt.

" Herhaal dergelijke uitspraken in de toekomst niet, Karl. Ze zijn verschrikkelijk gevaarlijk. Niet alleen voor jou, maar ook voor degenen die naar je luisteren. En, zoals je heel goed zegt, niet iedereen heeft de moed om de gevolgen van zoiets onder ogen te zien. Ik ben niet bang. Misschien omdat ik geen familie heb enSS zou mij in ieder geval kunnen straffen, maar nooit mijn familieleden. De andere zijn verschillende gevallen. Ze vrezen voor hun eigen, Karl.

'We moesten Rommel tot de dood trouw blijven, toch?

"Natuurlijk, Karl. Dat waren en zullen we altijd zijn. Maar het zou zinloos zijn om te praten en te schreeuwen, luid te beschuldigen, omdat ze ons niet verder zouden laten gaan. De maarschalk is dood. Er was een kans om hem te hulp te komen , om zelfs tegen de opstand in te gaan om zijn leven te redden, maar het was niet mogelijk. We wisten niet wat er tegen hem gepland was, totdat het te laat was. Nu kunnen we Karl niet meer tot leven wekken. En we moeten doorgaan. , als soldaten, vechtend voor Duitsland.

'En door Hitler?' Karl lachte sarcastisch.

"Voor Duitsland. Het is allemaal "rustig, de sergeant knoopte zijn tuniek dicht, deed de dop van een hanger en deed hem over zijn grijzende haar." Ik wil niet dat je in de problemen komt nu generaal Von Kelber op zoek is naar een assistent officier onder de staf van de Panzer Twenty-One divisie, en je hebt een goede kans om die post te lanceren en met hem naar Berlijn te gaan.

'Berlijn...' peinsde Karl terwijl hij zijn kaken op elkaar drukte. Ik zou niet graag met Von Kelber naar Berlijn gaan. Hier in Göttingen ga ik liever verder.

"Ja, in Göttingen hebben we elkaar allemaal nodig. Vooral omdat de geallieerden de Nederrijn zijn overgestoken en het Amerikaanse eenentwintigste leger hierheen komt. Degenen van de "Panzer"-divisie moeten deze steden verdedigen omdat ze de toegang tot het binnenland van Duitsland zijn ...; maar de Russen dringen ook door aan het oostfront en het laatste nieuws dat is binnengekomen is dat de Sovjets oprukken, ondanks het verzet dat ze tegenkomen, op weg naar Berlijn. En nog maar een maand geleden staken ze de Oder over, ten zuidoosten van Breslau. Het gaat slecht, Karl. Speciaal voor. Berlijn Daarom komen de topleiders daar samen met het oog op een laatste poging...

'Ik weet het niet, Rudy...' mompelde Karl, neerslachtig zijn hoofd schuddend. Ik weet niet meer wat ik van deze oorlog moet denken. In het begin dachten we allemaal dat het kort, bliksemsnel en triomfantelijk zou zijn. Dat we vochten voor een nieuw en beter Duitsland. Maar dat was in het begin. Nu ... nu voel je je vreemd over veel dingen die ooit subliem leken.

" Ik herhaal, Karl: praat niet zo. Geen commentaar gevenniets. Denk wat je wilt, maar spreek het niet hardop uit, ik smeek je als een vriend die je echt waardeert.

"Bedankt, Rudy" klopte hij warm op zijn rug. Echte stands. Ik zal proberen mezelf te corrigeren. Je hebt ergens gelijk: we waren dol op Rommel. En we zullen je nooit je leven teruggeven met woorden. We zullen niet eens recht doen aan zijn moordenaars, wie ze ook zijn...

'Precies, Karl. Sorry als ik zo tegen je sprak. Ik vergeet niet dat ik je ondergeschikte ben. Maar ik ben ouder dan jij... en ik denk dat ik gelijk heb.

"Ja, Rudy. Je hebt gelijk" Karl schudde zijn hoofd. Hij keek naar zijn bijna lege bierpul. Hij gooide hem om en de schuimende vloeistof liep over het glanzende hout van de toonbank. " Misschien dronk ik te veel, Rudy.

'Misschien. Ga je mee, Karl?

"Ik ga nu meteen" hij wendde zich tot de barman. " Ludwing, laat me uitbetalen. En het brengt ook kosten in rekening voor Rudolph. Wat ben ik je schuldig?

'Het is elf mark, luitenant' glimlachte Ludwing Strauss, iets minder nerveus dan voorheen.

"Oké" Karl gooide hem tot vijftien mark op de teller. Bewaar de beurt, Ludwing. Voor de slechte tijd die ik je heb aangedaan.

'Dank u, luitenant Martin.' Ludwing leunde over de toonbank. En geloof me, luister naar je vriend de sergeant. Herhaal die toespraken niet. Niemand wordt hier gerespecteerd. Zelfs mijn eigen zoon zou me kunnen verraden als hij de partij daarbij zou dienen. Het is wat ze hen bijbrengen, weet je.

'Zit uw zoon bij de Hitlerjugend?

"Ja, luitenant. Otmar is een korporaal van zijn eeuw en dat soort dingen. Ze steken het militarisme in hun bloed. En nazi-ideeën maken niet precies onderscheid tussen een vreemdeling en een vader of broer als ze een daad tegen het regime aan de kaak stellen; je weet het .

"Ja, ik weet het. Nazi-ideeën maken zelfs geen onderscheid tussen hun helden", bij het executeren van degenen die zijn gemarkeerd door de SS of de Gestapo.

Hij verliet de kantine. Sergeant Rudolph zat al te wachten aan het stuur van een militaire auto. In de verte klonk het geroezemoes van straalmotoren. De twee mannen keken elkaar aan,

'Ik betwijfel of ze een van ons zijn,' merkte Rudolph Börn streng op. De "Luftwaffe" is niet meer wat het geweest is. Het moeten geallieerde squadrons zijn...

Toen de auto begon, door de straten van de stad Göttingen, vredig en provinciaal ondanks het militaire teken dat momenteel zijn leven beheerst, met barricades, loopgraven en gewapende posten op alle punten, in afwachting van de onvermijdelijke belegering van de Anglo-Amerikanen die zich verplaatsten vanuit het westen, over het binnengevallen Duitsland, doffe, weergalmende, nog verre explosies vermengd met het gesnurk van de vliegtuigen.

"Bombardement" zuchtte Karl "Nee, ze waren niet een van ons, Rudy ...

2

Ludwing Strauss staarde naar de twee mannen die aan de balie stonden. Hij had ze net twee mokken bier geschonken. Hij bestudeerde haar uiterlijk met enig wantrouwen. Hij hield niet van paren hermetische mannen, met een regenjas of jas, een minzame glimlach en een burgerlijke uitstraling, ze waren meestal speciale agenten van de Gestapo in een van hun sinistere diensten.

Die twee leken er op. Zowel die in de zwarte jas en katten in de lucht, evenals die in de lichte regenjas en de slappe hoed, kleur "beige". Het feit dat ze niet eens naar hem keken of interesse toonden in zijn etablissement, in plaats van een negatieve indicatie te zijn van een dergelijke mogelijkheid, wekte Strauss' argwaan verder op.

Ze dronk hun bier al leeg en alles leek erop te wijzen dat Ludwing ongelijk had gehad met zijn twijfels, toen het gevreesde gebeurde.

'Er komen hier veel officieren en onderofficieren van de 'Panzer'-divisie, nietwaar?' sprak een van de twee mannen plotseling, leunend over de toonbank, met de houding van een die een zeldzaam exemplaar van vlinders bestudeert. Alleen hij bestudeerde Ludwing Strauss en hij had het gevoel dat hij al was doorboord door de dodelijke speld van de verzamelaar.

"Nou ja, ze hebben mijn huis altijd bezocht", beaamde Ludwing, zijn bezorgdheid bedwingend en zijn beste glimlach op het mollige gezicht, met een mooie kleur en helderblauwe ogen. "Het leger en ik zijn goede vrienden, meneer.

"Ik twijfel er niet aan" glimlachte bleek de ander, met een blik zo koud als ijs ", Goede vrienden, barman. Je moet een goede vriend zijn van een militair die de Führer beledigt en beledigt zonder dat de autoriteiten het merken, toch ?

Een dodelijke bleekheid verspreidde zich over Ludwings gezicht, waarvan de blozende wangen de kleur van was kregen. Zijn knieën trilden en hij moest tegen de toonbank leunen, deed alsof hij de plassen bier met een doek afveegde, zichzelf weer op te bouwen en zo alert mogelijk de gebeurtenissen af te wachten.

'Ik ben bang dat ik u niet begrijp, heren,' argumenteerde hij heel sereen.

'Het heeft geen zin om te doen alsof, vriend,' zei de man met de donkere jas en bril over zijn haakneus koeltjes. Hij herinnerde zich Himmler, het opperhoofd van de SS". Compleet nutteloos. Zijn zoon, Otmar Strauss, heeft al aan de kaak gesteld wat er met de partij gebeurt. Hij hoorde de agenten hier gisteren spreken. Hij kon hun namen niet verzamelen, maar hij weet dat Duitsland en de Führer hier zijn verraden. Het is genoeg.

'Mijn... zoon...' Ludwing hijgde. Onmogelijk onmogelijk!

De mannen van de Politieke Politie keken elkaar schouderophalend aan. Toen draaide er een zich naar de deur. Daar, blond en mollig, rechtopstaand en onbewogen, als een klein monster, in zijn uniform van de Hitlerjugend, was de kleine Otmar Strauss, met zijn dertien jaar, zijn militaire starheid, zijn koude ongevoelige uitdrukking van een verslaafd lid van de nazi-partij en de derde Rijk.

Ook Ludwing staarde stomverbaasd met een stuiptrekkende, wanhopige trek.

'Otmar, zoon...' fluisterde hij. Jij, je had niet kunnen zeggen... zoiets verschrikkelijks.

'Het spijt me, vader,' zei de jongen hard, ronduit militair. " Ik ben een soldaat uit Groot-Duitsland. De Führer eist discipline en loyaliteit van mij. Ik kan niet zwijgen. Het was waar. Ik luisterde van boven, vanuit mijn slaapkamer. Ik hoorde niet alles, maar ik hoorde wel een deel Ik hoorde stemmen... Ze spraken tegen "mein Führer." Verraders, verraderlijke honden allemaal! Niets is tegen je, vader. Je praat. Geef namen. Ze zullen je helpen.

"Ja, Strauss" glimlachte, goedaardig, die in de regenjas. " Mijn naam is Veit Horsmeyer van de Geheime Staatspolitie. Ik beloof u te helpen. Het is niet nodig dat u betaalt voor de schuld van iemand anders.

Hij had onze afdeling "onmiddellijk" moeten informeren. Maar uw zoon deed het, en we kunnen neerbuigend tegen u, dergelijke omstandigheden negerend en u tot officier van justitie makend. Geef me namen, Strauss, en ik heb niets te vrezen. Na verloop van tijd zult u naar de Gestapo-kantoren worden geroepen om de beschuldigden te identificeren, zonder dat ze u zien, en dat zal het zijn.

De brouwer van Göttingen had een tragische aarzelende beweging. Het leven van zijn cliënten hing van dat moment af, militairen zoals Karl Martin. De mannen van de Gestapo bogen gretig, wachtend op zijn verhelderende woorden.

Maar Ludwing Strauss richtte zich daarna op en keek hen koel aan. Hij sprak scherp:

'Ik weet niet waar ze het over hebben. Jij noch mijn zoon. Ik heb in mijn brouwerij nooit iets subversiefs gehoord. Nu smeek ik je om weg te gaan.

'U bent erg dapper, meneer Strauss. Of heel dwaas ", die in de lettergreep van de zwarte jas". Ik beloof, net als mijn partner Horsmeyer, dat ik je zal helpen als je eerlijk bent. Zo niet... dan kan niemand iets voor je doen.

Y als we vertrekken, ga je met ons mee.

"Kom op, vader" zei de jongen met een grijns. "Praat nu. Je bent een goede patriot zoals ik. "Heil, Hitler!" Je kunt me toch niet teleurstellen, nietwaar, pap?

Intens razend deed Strauss zijn werkschort af bij de onbewogen blik van de Gestapo-namen. Toen keek hij heel langzaam naar zijn zoon en verklaarde:

'Je hebt me al genoeg in de steek gelaten, jongen. Kom op, heren. Breng me naar het slachthuis zoals zovelen. Ik ben bereid.

"Strauss, maak die fout niet", waarschuwde Horsmeyer. Eenmaal in de kantoren zal er geen oplossing zijn ... Noch wij, noch iemand anders zullen in staat zijn om je daar weg te krijgen.

'Denk je dat ik het niet weet?' De droevige glimlach van! brouwer had een zielige ondertoon". Doe Maar. Offer nog een ander.

"Ben je gek, Strauss? Dat kantoor! Degene die sprak! Eén naam ... en je zult vrij zijn! Niemand denkt eraan je lastig te vallen! Hij heeft een zoon in de Jeugd en ...

'Volgens mij heb ik geen kinderen,' sprak Ludwing koeltjes terwijl hij het kind aankeek. Je hebt het me lang geleden afgenomen, toen je je hersens inprentte dat Duitsland alleen groot kon zijn door ouders, kinderen of broers niet te respecteren, in het belang van de partij. Waar verwacht je dat we gaan met dat apostolaat? Denk je dat God zijn gezicht niet met schaamte zal bedekken als hij ziet dat wij, zijn schepselen, in staat zijn onszelf zo te verlagen?

"Straus, stop met praten!" Horsmeyer waarschuwde koeltjes. Het gaat verloren!

"Ik ben al verloren. Maar er komt geen naam van mijn lippen. Nooit.

"Wees niet zo zeker" lachte degene met de zwarte jas. De Gestapo heeft de middelen om iedereen aan het woord te laten... zelfs de meest onwillige. Hij zal het zeggen zonder het te beseffen...

"Nee!" En plotseling vloog een van Ludwings massieve handen omhoog naar een enorme lege bierpul die meer dan vijf liter van de gouden vloeistof in zijn dikke glasachtige vorm kon bevatten, en vuurde die af op de schedel waarover hij sprak. .

Het was een brute schok voor de tempel. Degene in de zwarte jas had met verbazingwekkende snelheid een wapen getrokken; maar de zwarte, geblauwde "Luger" sprong uit zijn vingers toen de container in zijn gezicht en slaap sloeg, barstend met een droge spleet.

De man rolde op de grond met een klap zo droog als de klap van de kruik.

Ludwig sprong met een schone, wendbare sprong van de toonbank en rende naar de deur. Zijn zoon probeerde hem tegen te houden en hij werd geduwd, met geweld tegen een tafel en enkele krukjes geslingerd, terwijl zijn vader zich duizelig naar buiten wierp.

"Hou op!" Horsmeyer waarschuwde. Stop of schiet! Doe dat niet, Strauss!

De brouwer stopte niet. De ongelijksoortige Gestapo-manof.

Het was een enkel schot. Ludwig bleef staan, strompelde bij de drempel en draaide zich om toen zijn rug onder het bloed begon te komen. Hij grijnsde naar Horsmeyer en tastte naar een bierflesje van een plank, met de bedoeling die naar zijn vijand te gooien. Horsmeyer haalde opnieuw de trekker over.

Deze keer trof de kogel Strauss in de maag. Hij klapte dubbel met een hoest. Hij rolde op de grond. Ten slotte stond hij hijgend stil en morste iets roods en diks op de tegels van de brouwerij. Het kind, sprakeloos, met opengesperde blauwe ogen van afschuw, staarde naar zijn liggende vader. Toen liep ze bevend naar hem toe met onzekere, aarzelende stappen, terwijl de heldere, fanatieke lichte ogen van de jongen, verouderd door politieke ideeën, werden bevochtigd met iets menselijks, zielig, geschokt en ongelovig.

'Vader...' peinsde hij. Papa...!

'Nee... ze kunnen de waarheid niet uit me krijgen,' hijgde Ludwig op de grond. Ze kunnen het nooit. Zelfs de Gestapo niet, meneer... Horsmeyer...

De bovengenoemde tuitte zijn dunne lippen in weerwil van woede. Strauss' naderende dood leek hem meer dan wat dan ook woedend te maken.

De jongen van Strauss viel naast zijn vader neer. Hij snikte, fluisterend:

'Waarom, papa... waarom? Je moest gewoon... een naam geven... Alleen dat! Ik wilde niet... ik wilde niet... gekwetst worden... gekwetst...

Ludwig staarde hem aan, zijn gezicht al vertrokken door de dodelijke schaduwen.

'Dit zal je leren, zoon..., de nazi-doctrine niet boven je menselijke gevoelens te stellen. Niemand zou... hun eigen land aan de kaak moeten stellen, omdat de partij het eist...

Zijn ogen gingen dicht. Hij was overleden. Kleine Otmar stond snikkend bij het lijk. Horsmeyer wendde zich tot zijn partner en boog zich over hem heen. Er stroomde een straaltje bloed uit zijn neus. Hij had een gele kleur in zijn gezicht. Hij was zo dood als de brouwer. De klap van de kruik was fataal geweest.

'Verdomme Strauss...' mompelde de Gestapo-man. "Verdomd dom...

* * *

"Persoonlijk gekozen door generaal Von Kelber, zal luitenant Karl Martin, van de "Panzer 21"-divisie, zich bij de groep van directe medewerkers en speciale assistenten van de generaal van Mühlhauser voegen om naar Berlijn te vertrekken, waar de generaal zich zal voegen bij de Alto Generale Staf van Het derde rijk. "

Dat gezegd hebbende, de verzending ontvangen. Karl Martin tuitte zijn lippen, trok ze boos terug en had ze opnieuw gelezen. Achter hem kraakte de boxspring toen Roszy overeind sprong.

"Wat is er nieuw, schat?" vroeg de jonge vrouw, terwijl ze binnensmonds "Lili Marlen" neuriede.

'Nou... ja, ja,' gaf Karl afwezig toe. Ik denk dat ik op reis ga, Roszy.

"Op een trip!" Ze rende over hem heen, kneep hem met een gewelddadige, intense omhelzing, die haar gezwollen vrouwen tegen het lichaam van de jonge officier plakte.' Karl... ga je naar het front?

'Het is mogelijk. Ik ga naar Berlijn.

"Berlijn!" Roszy schrok. Berlijn ... Dat is de voorkant, Karl!

"Ja. Berlijn is al het Oost-Duitse front", beaamde hij. Blijkbaar ga ik echter niet naar de eigenlijke loopgraven. Nog niet. Ik ga met de Generale Staf mee.

'Toch, Karl... ik ben bang. Ik wil niet alleen in Göttingen blijven!

'Het spijt me echt, Roszy. Ik kan niets doen. Ik ben een soldaat en ik moet bevelen opvolgen. Vanmorgen zal ik mezelf voorstellen aan generaal Von Kelber.

'Karl... Karl, ik wil graag met je mee.

"Dat kan niet, Roszy.

"Lieverd, ik zou je niet tot last zijn. Ik heb familie in Berlijn, een neef die dienst doet als serveerster op een ministerie van Buitenlandse Zaken en...

"Sorry, Roszy. Het kan niet, snap het. Later, misschien...

"Komt er een 'later', - Karl?" vroeg het meisje met plotselinge ernst.

Karl antwoordde voorlopig niet. Als er één luchtig, frivol meisje was dat zich nooit serieus uitdrukte, dan was het Roszy Polman wel. Nu leek ze zich plotseling ergens zorgen over te maken, en haar gebruikelijke oppervlakkigheid maakte plaats voor angst, voor een latente spanning. Iets dat misschien altijd al heeft bestaan en dat ze probeerde te bestrijden met haar frivoliteit, haar onzorgvuldigheid, haar intense en niet-moralistische manier van leven, voelen, liefhebben ...

'Ik weet het niet, Roszy,' zei hij na een stilte. Ik weet niet of er een "later" zal zijn of niet. Niemand kan vandaag iets weten, mijn liefste... Zelfs niet als het morgen zal bestaan.

"Karel, ik ben bang...

"We zijn allemaal bang" 'zuchtte Karl, zijn kaken op elkaar drukkend'. En soms weten we niet eens waarom...

Hij trok de tuniek aan en knoopte hem dicht. Toen wierp hij een blik op de stad, die 's nachts in de schaduw lag om de doelen van de geallieerde luchtvaart te ontwijken bij hun steeds frequentere bombardementen, door de spleet in het raam.

"Kom je vanavond ook naar huis schat?" vroeg ze zacht.

'Ik moet het doen. Het is al vier uur in de ochtend, Roszy. Om zeven uur moet ik bij de kazerne zijn en het kantoor van generaal Von Kelber presenteren om een militair transport naar Mofhlhausen. Dit alles is dringend, je hebt het al gezien in de kop van de verzending en in de envelop waarin het bij mij is afgeleverd. Geloof me, ik heb net zo'n spijt van deze haastige mars als jij, Roszy. Ik ben oprecht als ik je vertel dat ik je leuk vind en dat je een charmant meisje bent, een ideale metgezel ...

'De ideale metgezel voor de uren van een soldaat die nooit weet wanneer zijn gelukkige tijd zal eindigen, toch, Karl?' Ze sprak terwijl ze wilde glimlachen en verrassend verbitterd was "Alleen dat, niet het meisje met wie je zou trouwen...

Karl keek haar ernstig aan. Dus, half gekleed, met haar vormen en arrogantie van een vrouw vol sensualiteit, leek Roszy precies wat ze zei. Het was het beeld van het meisje in haar vrije tijd, degene die haar tijd en haar liefkozingen verkoopt aan de mannen die oorlog voeren. Voor Karl was het iets meer. En hij zei het kort en bondig:

"Er zullen er zijn die zo kunnen denken. Ik, nee, Roszy. Ik waardeer je op een andere manier. Ik denk dat er iets geweldigs aan je is waardoor de tijd vliegt. Wanneer dit gebeurt en het is slechts een slechte herinnering, zoals degene die een nachtmerrie achterlaat, zullen jij en ik praten over ..., daarover. Trouwen ...

"Karel!" ze sperde haar heldere, mooie ogen open. Ze keek hem verbijsterd aan. Je bent niet serieus, hè?

"Wat denk je?

"Nee, natuurlijk", lachte hij alsof hij oppervlakkig wilde blijven, de plotselinge intensiteit vergeten die aan zijn gesprek werd gegeven, meestal licht en zonder enige betekenis. Vergeet nu bruiloften en zo. Hij maakte een grapje

"Rossie...

'Ik maakte een grapje, ik heb het je al verteld. Ik wil je vragen om mijn nicht Erika te zien als je in Berlijn bent, als je kunt. Hij woont aan de Friedrichstraat, vlakbij de brug ...

'Natuurlijk, ik ga naar haar toe. Geef me je adres en ik...

Het werd onderbroken. De deurbel van het appartement was net gegaan. Roszy begon en richtte zich op. Hij keek naar Karel.

'Ze hebben gebeld', merkte hij op.

"Ja, dat heb ik gemerkt" haalde hij zijn schouders op. Misschien hadden ze het mis...

"Om vier uur in de ochtend?" De vloerbel ging weer. "Ben je op iemand aan het wachten, Roszy?

"Ik niet...

'Het is raar...' Hij deed een paar stappen in de richting van de deur die de slaapkamer met de kast verbond en de laatste met de hal. Bij de deur van het appartement, na een korte pauze, drong het trillende geluid van de deurbel aan. Ergens, ver van de stad, bulderde de artillerie, als een schokkend en onheilspellend contrapunt ". Heel raar, Roszy.

"Wacht, Karl. Ik ga kijken wie het is...

Ze liep naar de deur. Abrupt, alsof hij iets mis voelde, keerde hij zich uit de schaduw van! kabinet, staarde de jonge officier aan en mompelde:

'Als er iets zou gebeuren, Karl... onthoud dat er een andere uitweg is: het keukenraam kijkt uit op de patio. Een zeer resistente gegolfde buis stijgt op tegen de muur. Hij heeft wat onvolkomenheden die een jood die ik ooit had gehuurd al had gebruikt. Zo ontsnapte hij uit de SS. Het dak van het huis grenst aan een ander gebouw en is gemakkelijk toegankelijk. Dat gebouw heeft een uitgang naar een andere straat.

'Waarom vertel je me dat, Roszy?' Hij sprak met een strakke stem. Ik ben een officier in het Reichsleger, geen vervolgde Jood... Er wordt verondersteld dat er hier geen gevaar op mij wacht totdat de geallieerden arriveren.

'In ons Duitsland van vandaag, Karl... niemand weet wanneer en waar het gevaar ligt,' zuchtte Roszy ten slotte, terwijl ze naar de deur liep, terwijl een langere ring aan Karl Martins zenuwen trok.

Hij hoorde haar de deur openen. Mechanisch legde hij zijn hand op de holster van zijn holster. Toen duwde hij het weg en zei tegen zichzelf dat het een belachelijke daad was. Hoe kun je ergens bang voor zijn, in je eigen land, als lid van het nazi-leger? Het was inderdaad absurd.

"Goedenavond, 'Fraulein' Polman" hoorde hij hem een romige, lieve stem begroeten, die hem, zonder de oorzaak te weten, walgde. " Laatof je heel erg in het beantwoorden van mij ...

" Het is waar. Ik dacht niet dat je haast had,meneer. Wie bent u?

"Mijn naam zegt niets: mijn naam is Veit Horsmeyer. Bent u alleen?

'Natuurlijk niet. Ik ben met een man. Is dit een misdaad?

"Ik heb niet gezegd dat er een misdaad is. Ik denk niet eens dat ik zei dat ik een agent ben.

"Maar het is.

Heel slim, Fraulein Polman. ik kan passeren?

'Bent u politieagent?

"Ja" zuchtte de stem. Geheime Staatspolitie.

Karel huiverde. Zelfs de Duitsers schrokken van die vermelding: "Geheime Staatspolitie" ... "Geheime Staats-Polizei." Met de eerste drie lettergrepen samengevoegd, "Gestapo." Ze kwamen nooit voor iets goeds. Spionnen, vijanden van het regime, joden, trias en zenuwslopende onderzoeken... De Gestapo. Waarom zocht hij Roszy?

Hij liep naar de kast terwijl het gesprek in de hal voortduurde. Alsof Roszy zijn gedachten had opgevangen, stelde hij een vraag:

'Waarom komt u op dit moment naar mijn huis, meneer de politie?

'Noem me alsjeblieft niet zo. Ik heb er een hekel aan', zei Horsmeyer met een romig accent. Ik ben Horsmeyer, onthoud...

Wat zoekt u hier, meneer Horsmeyer? Ik heb geen rekeningen bij de politie.

'Natuurlijk niet. Dat zei ik niet, 'fraulein' Polman. Met welke man ben je?

'Met mij, meneer Horsmeyer,' snauwde Karl, terwijl hij op de drempel van Roszy's kleine zaal verscheen.

"Oh, luitenant..." de agent van de Geheime Staatspolitie draaide zich om en keek hem vast met zijn koude spottende ogen ". Leuk je te ontmoeten. Luitenant Karl Martin?

Karl kneep zijn ogen hard tot spleetjes, zonder ze van de bezoeker af te leiden.

'De Gestapo weet alles, toch?' Hij siste onvriendelijk.

"Bijna alles, 'Herr' Martin," lachte Horsmeyer zachtaardig. Jij daarentegen negeert misschien dingen...

"Ik heb er geen belang bij iets anders te weten dan mijn plicht als soldaat,

'Het is jammer. Misschien weet je dingen die je interesseren. Dingen van zijn vrienden...

"Mijn vrienden? Welke vrienden? Waar verwijst hij naar?

Ten eerste, luitenant, ik kom hier niet op dit uur om de onbetwistbare charmes van 'Fraulein' Polman te zien, maar om 'u' te zien.

"Me?" Karl trok zijn wenkbrauwen op terwijl Roszy, enigszins bleek, haar mond met één hand bedekte, alsof ze een kreet van angst, van latente bezorgdheid probeerde te onderdrukken. Waarom, meneer Horsmeyer? Ik ben bang dat ik er niets van begrijp...

"Je zult het meteen begrijpen. Een vriend van hem is overleden.

"Dood?" Karl haalde zacht zijn schouders op met een bittere frons op zijn lippen. 'Er gaan tegenwoordig zo veel dood, meneer Horsmeyer.

"Deze vriend was geen soldaat. Hij was een brouwer: zijn naam was ... Ludwig Strauss.

Karl verloor wat kleur. Een rilling liep over haar ruggengraat. Hij keek ernstig, sereen naar de lachende, spottende man, in een lichte regenjas en een slappe hoed, die naar hem staarde zoals een entomoloog naar een zeldzaam, begeerd insect zou kijken.

'Ludwig...' mompelde hij hees. Het spijt me. Hij was een goede man, wat is er met hem gebeurd?

'Ik heb hem vermoord,' legde Horsmeyer ijzig uit.

"Jij! "De ogen van de luitenant flitsten, Hij keek vol afschuw naar de Gestapo-man", Je doodde hem... en je geeft het zo toe, zo koeltjes, waarom? Wat deed hij?

"Hij was koppig. Hij wilde niet praten. Zijn zoon is een trotse jonge nazi. Hij vervulde zijn plicht om te melden wat er in de brouwerij gebeurde. Je weet wel, Maarten. Het gesprek tussen verschillende officieren van de "Panzer 21"-divisie, loyaal aan Erwin Rommel. Zo loyaal dat ze in subversie gingen. Die gekke mensen begrijpen het niet...

"Ik behoor ook tot de 'Panzer'-divisie, meneer Horsmeyer.

"Ik weet het, ik weet het. Daarom ben ik hier" glimlachte hij sluw". Ludwig was geen goede patriot. Hij sloeg zelfs mijn partner Helm dodelijk. Slechte zaak, luitenant. Ze zouden hem hebben neergeschoten als ik niet had gedood hem toen hij probeerde te ontsnappen. Niemand ontsnapt aan de Gestapo. Dat weet je toch?

"Specifiek" Karl's tanden op elkaar geklemd ", wat wil je van mij?

'De waarheid, luitenant Martin. Alleen de waarheid "vernauwde zijn ogen, bijtend." Ik vraag heel weinig van je, nietwaar? Je was bij die bijeenkomst, dat weet ik. Jij ... je zult weten wie er slecht over onze Führer sprak, die zijn glorieuze persoon bevlekte met beledigingen en frases van een rebel, een opruier, een vijand van Duitsland ...

"En... als ik je zou vertellen dat ik niets heb gehoord, dat ik niet in zo'n bijeenkomst was...

'Ik weet dat ik zou liegen. Ik zou hem laten arresteren om in onze vertrekken te spreken.

"Nee niet dat!" Roszy snakte naar adem van afschuw, leunend tegen een klein meubelstuk in de hal, met een trillend gebaar. De Gestapo... "Nooit." Nooit, Karel...

"We schijnen een zeer slechte reputatie te hebben", lachte de agent van de Geheime Staatspolitie met een zuur lachje.". Ziet u, luitenant. Waarom spreek je nu niet en vertel me wie zo sprak? Daar vraag ik alleen om. Jij blijft bij je kleine vriend en ik vertrek. Ik laat je met rust. Dat is alles.

"Alles?"

"Ik zou een jonge officier met een mooie toekomst, beweerd door de generale staf, luitenant Martin, niet onnodig storen.

"Weet jij dat ook?

"Wij weten alles.

"Dan moet je weten dat mijn mooie toekomst zal zijn"naar een plaat of een concentratiekampofn, ik weet hetñof Horsmeyer. Het is het lot van alle Duitsers. Wij zijnnaarn verpletterend. We komen niet verder dan 1945, zelfs niet het eerste semester, dat weet je. Of negeert de Gestapo dat? We staan op de rand van een nederlaag, van een ramp. En je bent toegewijd aan het doden van Duitsers in plaats van dat te doen met Amerikanen, Engelsen of Russen.

Horsmeyer beschuldigde de klap. Hij tuitte zijn lippen boos. Hij ging geïrriteerd overeind en antwoordde virulent:

'Stop met het maken van gevaarlijke beschuldigingen en defaitistische insinuaties, luitenant, en laten we eens en voor altijd praten. Wie van zijn kameraden in de "Panzer 21"-divisie sprak op die manier en beweerde schuldig te zijn aan verraad tegen het Reich?

"Ik kan je vertellen dat ik geen idee heb. Ik weet het niet.

'Ik zou liegen. Ik zou u niet geloven, luitenant Martin. De persoon is bekend.

'Wat als ik hem vertel dat ik het weet... maar het nooit verklap?

'Hij zou net zo dom blijken te zijn als zijn vriend Ludwig. We laten iedereen praten.

"" Karl, zeg het ... Spreek als je het weet, "smeekte Roszy." Laat je daar niet meeslepen...

'Welke pijn wacht de schuldige?' - vroeg kalm, koel, Karl Martin.

'De dood natuurlijk. Schieten voor verraad en subversie van de Führer.

"Nou. Het is hoe graag ik wilde weten "hij tuitte zijn lippen, haalde diep adem, ademde de lucht uit, hij liet zijn openbaring los": ik ben het, meneer Horsmeyer. Ik sprak slecht tegen de Führer, tegen het Reich, tegen al het rot en het aas dat ons omringt en dat maakt dat we dom en wreed voor de geallieerden vallen.

"Luitenant Martin!" Huilde Horsmeyer, razend. Beseft u wat u zegt?

'Ik herhaal wat ik al duizend keer eerder heb gezegd: je hebt Rommel vermoord. Je wilt geen krachtig en loyaal leger, of nobel leger, of menselijke waardigheid. Jullie vuile nazi's willen alleen een egoïstisch Duitsland, in de afgrond gegooid, iedereen opofferend in de poging ...

"Luitenant Karl Martin!" Horsmeyer kwam tussenbeide en trok snel een 'Luger' uit zijn trenchcoat. "In de naam van "mein" Führer, neem me gevangen. Hij zal worden berecht als een verrader van het Reich. Geef me je wapen en probeer niets. Een patrouillewagen vol politieagenten wacht beneden op me, en ik... Doe dat niet, idioot!

Hij schreeuwde het uit en wendde zich tot Roszy die plotseling in de kleine la in de onmiddellijke kast had gestoken en een klein automatisch pistool tevoorschijn haalde.

Er werd geen gehoor gegeven aan het gebaar van Hitlers sluwe politieagent. Horsmeyer, die Roszy's gewapende hand zag opstijgen, vuurde erop zonder een moment te verspillen. Roszy vuurde op zijn beurt ook, toen hij al de kogel van de "Luger" in de borst, over zijn hart ontving.

3

"Rossie nee!" Karl hapte naar adem toen de twee schoten elkaar kruisten.

Hij zag het mooie meisje huiveren, over wiens 'ik uit balans' het bloed gutste over de weelde van haar linkerborst. Hij begon af te brokkelen, terwijl Horsmeyer, die had geprobeerd zijn wapen snel op de officier te richten, werd verrast door Roszy's kogel, die hem in de schouder trof. Hij aarzelde en stond op het punt het wapen te laten vallen. Karl trok snel zijn eigen pistool. Hij schoot een keer, meedogenloos.

Het hart van de Gestapo-man, die van dichtbij door het projectiel werd geraakt, stopte met werken. Horsmeyer zakte in elkaar, raakte eerst de muur en kuste toen de grond.

Karl rende naar Roszy, wiens hart soms stopte, ongetwijfeld indirect geraakt door de kogel. Ze had alleen tijd, dodelijk razend, om naar de achterkant van het huis te mompelen: ~ Beste ..., ren weg ... Het ... raam ... naar de patio. Als ze naar boven gaan... en ze vinden je... zullen ze je vermoorden. Laat ... ze geloven ... dat ik ... die ... hond heb vermoord ... rro ... "

Hij was stervende. Karl hoorde het rollen van laarzen op straat, harde stemmen, snelle voetstappen de trap op. Hij aarzelde niet langer. Hij leunde naar beneden. Hij kuste de lippen van Roszy, die zichzelf voor hem had opgeofferd. Hij mompelde hees:

"Op een dag ... ga ik terug naar Göttingen ... en ik zal je zoeken om je voor alles te bedanken, Roszy ...

'Snel! Zoek me dan... in het cement... Karl...!

Ze hapte wanhopig naar adem. Ze verstijfde. Karl liet haar zachtjes los, nog een kus op de lippen. De laatste. Roszy was dood. De jonge officier stak zijn wapen in de holster, griste zijn cape en pet op en rende naar achteren. Kort daarna werd er op de deur van het appartement geklopt.

Karl ging de keuken binnen, tuurde naar buiten in de donkere patio en zag de gegolfde goot die in de hoogte van het hokje verdween, ruikend naar gefrituurd eten en afval. Snel ging hij naar de vensterbank. Hij begon in de goot te klimmen. Het was waar dat het inkepingen of inkepingen had om met enig gemak te klimmen.

Bij Roszy's huis was geen spoor meer van de man die de nacht met haar doorbracht. De politie zou niet snel aannemen dat er een derde persoon in het drama was. En zelfs dan, als Horsmeyer had gehandeld zoals alle agenten van de Geheime Staatspolitie deden, zou alleen hijzelf weten naar wie ze op zoek waren, en zou Karl Martin niets met de zaak te maken hebben.

Alles bestond erin dat hij kon ontsnappen, op het dak van het gebouw aankwam en van daar naar de onmiddellijke, de zoektocht van de geüniformeerde agenten die het bevel voerden over de neerslachtige Horsmeyer vermijden...

Roszy had zichzelf opgeofferd om haar leven te redden. Het zou stom en nutteloos zijn geweest om daar naast zijn lijk te blijven staan om zich te laten arresteren. Daarvoor heeft ze haar heroïsche beslissing niet genomen. Evenmin kon hij het weer tot leven brengen door nutteloos te blijven sterven.

Daarom is hij gevlucht. Daarom zocht hij de weg van verlossing, geconfronteerd met een groteske, hallucinante situatie. Hij, een Duitse soldaat, een officier van zijn land en vooral van Duitsland houdt ..., moest vluchten voor de politie van zijn vaderland, voor zijn eigen superieuren, dan voor de wetenschap dat hij de man was die Horsmeyer vermoordde en ter verdediging sprak van het geheugen en de geest van Rommel, zou hij worden vermoord door de SS

Ondertussen, aan de andere kant, werd luitenant Karl Martin door generaal Von Kelber gevraagd zich bij hem te voegen in Mühlhausen en van daaruit te vertrekken naar Berlijn, de hoofdstad van het Derde Rijk, bedreigd door de Russische opmars en hoofdkwartieren van alle hoofden en grote hiërarchen van het regime.

Als iemand in de nabije toekomst de een met de ander, de uitverkoren Martin, zou associëren met de rebellenofficier van de nazi-doctrines, zou zijn leven niets waard zijn. En hij zou Berlijn nooit levend verlaten.

Hoewel Karl zich bij het bereiken van het dak, na die opeenvolging van gedachten, afvroeg of er werkelijk de minste kans was om Berlijn levend te verlaten, onder welke omstandigheden dan ook, gezien de huidige situatie.

Het antwoord dat hij bedacht kon niet somberder zijn...

* * *

Het militaire transport was een "Focke-Wolfe" die van Mühlhausen naar de hoofdstad van Duitsland het militair personeel vervoerde dat dringend nodig was door de Hoge Staf van de Führer,

Een escorte van verschillende jagers, "Stukas" en "Messerschmitt", begeleidde het transportapparaat in afwachting van een geallieerde luchtaanval. De invallen in Duitsland waren nu constant en zowel aan het oostelijk als aan het westelijk front rukten de Anglo-Amerikaanse en Russische geallieerde troepen op in een meedogenloze greep en dreigden ze uiteindelijk het trotse Hitler-fort te stikken, dat barstte en haperde onder de lawine van vuur, granaatscherven , mannen en materieel komen van beide fronten op de onveilige verdediging van Duitsland. De door Hitler gecreëerde oorlogsmachine begon te krijsen, roestte en brak af door de impact van de tegenstander op zijn massieve structuur.

Op de luchthaven van Berlijn, bezaaid met kanonnen, luchtafweerbatterijen en troepen op het slagveld, had het kort daarvoor geregend en gaven de plassen op het asfalt de indruk van iets droevigs en kouds, als weerspiegeling van de grijze, bewolkte lucht boven de voormalige trotse Duitser kapitaal. Rondom de kraters van de bommen. En verder weg, de verschrikkelijke Danteske straatstronken die Duitslands stedelijke roem waren en die nu alleen maar ruïnes, puin, ingestorte muren waren; een chaotische wereld, kortom, voortdurend gehamerd door vliegtuigen, zware artillerie van alle soorten, in een onverbiddelijke regen van vernietiging.

Karl Martin bleef even op de trappen van het vliegtuig staan, achter de rug van generaal Von Kelber.

Verschillende vliegtuigen vertrokken op dat moment uit Berlijn in een richting die lijnrecht tegenover de zijne stond.

"Waar gaan die heen?" vroeg Von Kelber aan een Luftwaffe-kapitein.

"Ik weet het niet, meneer. Het zijn hoge militaire leiders. Ze lijken belangrijke zaken elders in Duitsland te hebben. En dat allemaal ver van Berlijn", besloot hij met een zekere ironie in zijn toon.

'Jullie laffe ratten...' siste Von Kelber, ogenschijnlijk hinkend sinds hij tijdens de Slag om Frankrijk een schotwond in zijn rechterknie had opgelopen. "Ze beginnen het schip te verlaten...

Hij voegde er niet 'zinkend' aan toe. Maar Karl wist zeker dat ze dat dacht. En net als hij, alle anderen. Klaarblijkelijk liepen veel "big shots" van het nazisme, de bombastische, krijgshaftige bazen die levendige, vurige toespraken hielden die bedoeld waren om het Duitse volk dom en koortsig te houden, op het hoogtepunt van het moment weg van het vuur. Tenminste, in die zin verdiende een man als Von Kelber alle soorten respect, die op de slechtste momenten naar Berlijn kwam met een bewonderenswaardige militaire en patriottische geest.

'Hoe dichtbij zijn de Russen, kapitein?' Vroeg de generaal met een zeker gevoel voor humor, voordat hij in de lange, donkere gepantserde auto stapte, een "Mercedes" met officieel kenteken die buiten het vliegveld op hen wachtte.

Y de Luftwaffe-officier, met een licht zuur frons op zijn lippen, antwoordde slechts, de blik van de generaal vermijdend:

'Er circuleert een grap in Berlijn, meneer Al, die vraagt: 'Waar zijn de Russen al?' Ze hebben nog een paar stappen gezet ... »

"Ik begrijp het. Ze hebben haast, hè?" Von Kelber rimpelde zijn voorhoofd onder zijn witte haar. Hij zag er veel ouder uit dan toen hij net uit Mühlhausen was vertrokken. Dat was begrijpelijk. Het visioen van het huidige Berlijn zou iedereen verouderen. Zelfs Karl voelde een vreemd gewicht in zijn maag en een stekend gevoel door zijn hele wezen. Hij volgde zijn baas in stilte de zwarte "Mercedes" in die de Heichstag-chauffeur door het zielige, huiveringwekkende netwerk van dode, stille , gebroken straten van Berlijn in april 1945 ...

Daar was het gebulder van de kanonschoten veel gespannener, pijnlijker in zijn eigen stilte, in zijn onherbergzame stilte, bijna als een maanlandschap. Zwarte vlaggen, hakenkruizen, symbolen van het nazisme die weigerden te worden verpletterd door de geallieerde artillerie van beide fronten, zwaaiden nog steeds over afbrokkelende muren en gebarsten gebouwen, verstoken van buren.

Maar daar stierf iets. Iets stierf langzaam en onverbiddelijk. Met een traagheid voorloper van dreigende, dodelijke, onverbiddelijke haast. Het zou zijn als de tragische 'sprint' van de dood van Berlijn.

Karls ogen keken naar de trotse verschijning van de Alexanderplatz, het verwoeste hek van de Brandenburger Tor, de kapotte architecturale hauteur van de "Reichsmark" of de grote lanen van het stedelijke centrum, tijdens een danteske en verschrikkelijke reis, midden in de stilte van de puin, van de gesloopte gebouwen, waarvan sommige nog steeds roken. Een oneindige, ondraaglijke pijn, de pijn van de man die zijn eigen land ziet zinken vanwege degenen die het groot wilden maken, reikte tot in het diepst van zijn wezen.

'Arme Berlijn,' fluisterde hij. Arm Berlijn...

Generaal von Kelber draaide zich om en keek hem meelevend aan. Hij knikte:

„Ja, mijn beste luitenant. Arm Berlijn ... en arme ons allemaal als de Russen niet in de Oder zijn opgenomen ...

Uit de manier waarop hij het zei, vermoedde Karl dat de hoop van de generaal in dat opzicht niet bepaald groot was. Voorbij de ramen van de Mercedes bleven ruïnes, verlatenheid, vernietiging en chaos paraderen.

'Daar is het,' zei Von Kelber plotseling. De Berlijnse Kanselarij, toevluchtsoord van de grote Duitse dictator, hoofdkwartier van het Derde Rijk.

Er was niets meer trots of onverschrokken aan dit gebouw. Het was gebroken, verscheurd door bommen en artilleriegranaten. De houwitsers hadden talloze inslagen op de muren en ramen gemaakt, alles verbrijzeld en de muren veranderd in stenen zeven, zwarte gaten, donker als schedelogen.

Praktisch gezien bestonden de Kanselarij van Adolf Hitler en zijn Generale Staf niet.

"Hemelen!" Karel hapte naar adem. En de Führer? Waar is? Wat is daar gebeurd?

Generaal Von Kelber zuchtte en vouwde zijn handen lusteloos over zijn uitpuilende buik. Hij verklaarde, kort, niet optimistisch:

'Wat is er overal gebeurd, luitenant Martin. Wij zinken. We zinken onvermijdelijk.

Stijf gevormde squadrons gekruist door de auto. Ze droegen stalen helmen, geweren, machinegeweren en militie-uniformen. Maar het waren geen mannen. Gewoon jongens. Verbijsterd realiseerde Karl zich dat hij er geen zou hebben boven de leeftijd van vijftien. Ze zongen Hitler-hymnen, koortsachtig en fanatiek, alsof dit een zondagse wandeling of een spel was. Karl Martin huiverde, sloot zijn ogen en voelde zijn lippen en keel droog bij de gedachte aan het lot van die kinderen, geconfronteerd met een machtig en angstaanjagend leger als de Rus.

Hij gaf geen commentaar uit angst om zichzelf te verheffen, uit angst om te veel te praten. Maar Von Kelber deed het in plaats daarvan, kwispelend met zijn grijsharige, nobele beroepsmilitair hoofd met tragische neerslachtigheid, zijn blik afwendend van de groepen

Hitler-jeugd, die zelfverzekerd naar de bruggen van de stad bewogen om haar te beschermen tegen het onvermijdelijke. .

'Mijn God...' fluisterde Von Kelber. "OMG we zijn allemaal gek...

***

De kanselarij was praktisch verlaten.

Er waren enkele groepen gewapende soldaten, enkele artilleriestukken en een soort patrouilles uitgerust met machinegeweren die de omliggende straten en de ruïnes van de Reichskanzlei bedekten.

Von Kelber en zijn kleine groep assistenten gingen naar de tuinen van de Kanselarij, waar een patrouille soldaten met mutsen, stalen helmen en machinegeweren hen tegenhield en om hun geloofsbrieven vroegen, rapporterend aan een SS-officier (de door Führer geselecteerde bewaker, onder de direct bevel van Heinrich Himmler), die op zijn beurt verdween door een mysterieuze metalen deur, gelegen aan de onderkant van een muur die was gebarsten door de bommen die in een lawine waren gevallen op de schuilplaats van de opperbevelhebber van de Duitse nazi.

Von Kelber wachtte en klopte ongeduldig op de vochtige vloer van de Chancery-tuin, nu grijs en verwaarloosd, bezaaid met puin, granaatscherven, stof en stucwerk.

Toen de SS-officier weer verscheen, groette hij stijf en gaf de dienstdoende soldaten het bevel:

"Kom binnen. De Führer autoriseert je toegang tot de 'bunker'.

De "bunker"...

Karl Martin begon het toen te begrijpen. Hij hoorde van de verschrikkelijke, gekwelde huidige staat van de nazi-Reichstag.

Levend begraven. Verborgen, gehurkt als ratten in de Berlijnse metro. Zijn laatste, zijn laatste, zielige en verbazingwekkende toevluchtsoord onder de ruïnes van de grote Duitse hoofdstad. In een "bunker".   In   een   beveiligde   kelder,   een   bomvrije luchtafweerschuilplaats, artillerie; veilig voor het felle en meedogenloze gehamer dat op Berlijn viel door toedoen van de Sovjetlegers.

Zijn haat veranderde bijna in medelijden, medeleven met die supermensen, teruggebracht tot de betreurenswaardige en pijnlijke toestand van vluchtelingen, lastiggevallen, zielige strijders van een "systeem" dat soms instortte, in een tragische holocaust, tot het uiterste gebracht door de koppigheid van een gek die niet wilde toegeven, die zich niet wilde overgeven of zijn nederlaag, zijn enorme nederlaag, wilde toegeven.

Hij wilde geen medelijden met hen hebben, hij wilde geen medelijden hebben met degenen die schuldig waren aan zaken als de dood van de goede oude Ludwig Strauss, de brouwer van Göttingen, die moreel gestorven moet zijn lang voordat hij door de kogel van de Gestapo-man, toen hij de kille gemeenheid ontdekte van een zoon die was opgevoed door een onmenselijk, rigide en wreed systeem. Van dingen als het einde van de ongelukkige Roszy Polman, een braaf meisje wiens enige misdaad was om lief te hebben en bemind te willen worden in een wereld die haar affectieve vermogen leek te zijn vergeten, om zichzelf te lanceren in een krampachtig, ongebreideld verlangen naar haat en dood .

Maar ondanks dit, toen de deur naar de "bunker" van de Führer voor hen opende als een stijf, verschrikkelijk ijzeren gordijn dat de deuren opende naar een hallucinant en muf "verder", onder de grond van Berlijn, Naar enkele huiveringwekkende en angstaanjagende catacomben van waaruit men er niet levend uit kon komen, kreeg Karl Martin weer medelijden. Verdriet om al die bleke en nerveuze mannen, sprakeloos en somber, die hem omringden in een ware groep spookachtige gezichten, ongrijpbare en onzekere figuren ...

Toen sloten de deuren naar de schuilplaats van de Führer en zijn staf zich achter von Kelber, Martin en de anderen van de kleine entourage, hen, misschien wel voor altijd, isolerend van het openlucht

Berlijn, de grijze en verlaten tuin, de gespannen en bloedende wereld
. van buitenaf, wat een nachtmerrie was van een miljoen ton, die de
Berlijnse bunker verpletterde die in het geheim bestemd was voor
Adolf Hitler.

* * *

Het ondergrondse fort was onuitsprekelijk.

Het zou nodig zijn geweest om daar te zijn geweest om alles te
overdenken, van de hermetische metalen, gepantserde deuren tot de
privékamers van Hitler, Eva Braun, Goebbels en hun familie; van
servers, secretarissen, militairen van zijn Generale Staf, keukens,
toiletten, toiletten, kantoren en werkruimten; accommodatie voor
bewakingstroepen, telefoons, elektriciteit en water, EHBO-doos en
medische ruimte; trap naar buiten, afgesloten door nieuwe deuren,
een uitgang met trappen, ook leidend naar de tuin van de Kanselarij
"en gebruikt door Von Kelber en Karl Martin bij hun ingang naar
de verbazingwekkende" bunker ", bestaande uit twee verdiepingen of
verdiepingen , en een authentiek ondergronds fort, Hitlers hoogste fort
tegenover de vijand die Berlijn naderde, het hart van nazi-Duitsland,
op de rand van de definitieve ineenstorting.

In die verbazingwekkende, verbijsterende innerlijke wereld
gecreëerd door het vooruitziende genie van de Führer voor een
wanhopige situatie als die, wist Karl dat hij naar binnen zou gaan en
nooit weg zou gaan voordat het allemaal voorbij was. Op een of andere
manier ...

Het was alsof je een fabelachtige stad binnenging, een mythische
begraven wereld waarvan elk contact met het oppervlak botweg zou
worden geëlimineerd zodra de Russen de poorten van Berlijn
bereikten. Wat praktisch al gebeurde.

Iets wat dagen later, toen Karl Martin al was aangepast aan het
verontrustende, ietwat dichte innerlijke leven van de Berlijnse

"Führer-bunker", werd bevestigd met echt tragische en onaantrekkelijke karakters. ..

****

16 april was een slechte dag geweest voor de Führer en zijn staf, opgesloten in het levende graf in de 'bunker'. Het was toen dat het grote Sovjetoffensief in de Oder bekend werd, waarbij het Duitse Negentiende Leger zich wanhopig verzette, terwijl het front van Neisse instortte, terwijl het Tweede en Vierde Sovjetleger doorbraken met een werkelijk indrukwekkende massale aanval.

Het was de 16e tevens de dag van Hitlers proclamatie, die samen met Goebbels was opgesteld.

Achtenveertig uur na die levendige en bemoedigende injectie van Hitlers pen stortte alles in.

Een nieuwe Russische aanval op de Oder scheurde door het Duitse Negende Leger, gooide het terug en opende luidruchtige gaten in zijn gelederen. En in tegenstelling tot wat Hitler aannam, gingen de Sovjets niet in het offensief naar Praag ...

'Ze komen naar Berlijn!

Het nieuws verspreidde zich als een lopend vuurtje door het doolhof van gangen, kamers en verblijven van de «Führer-bunker». Een naïeve vroeg:

Wie komt er naar Berlijn?

"De Russen, dom!" Antwoordde een officier, een veteraan van de "Wehrmacht", met een boze uitdrukking ". De Führer sprak zijn theorie uit dat ze Praag zouden aanvallen. Nu weten we dat hij ongelijk had, ze komen hier ...

Het laatste nieuws dat de bunker bereikte was nog minder bemoedigend:

«Overweldigd door het Duitse Vierde Leger, dat zich in de achterhoede van het Negende Leger bevindt, rukken de troepen van Zukhov vanuit het noorden op naar Berlijn, in een poging aansluiting te vinden bij de gepantserde colonnes van maarschalk Konjev, die door het zuiden naar Berlijn trekt en elkaar praktisch zonder weerstand sommige..."

Terwijl ze de Elbe oversteken, trekken Amerikaanse troepen snel door Duitsland, in een poging zich aan te sluiten bij de Sovjet-troepen. Göttingen, Auschwitz en Buchenwald en Jenna zijn de afgelopen dagen al in handen gevallen van de Anglo-Amerikanen, na heldhaftig verzet van hun verdedigers. "

"En dit gebeurt twee dagen voor de verjaardag van" mein "Führer ..." was de trieste, sombere opmerking van generaal Von Kelber, toen hij het slechte nieuws hoorde.

Karl zag hem weglopen naar de vertrekken van de militaire commandanten die zich in de 'bunker' hadden verzameld, zonder nog iets toe te voegen aan zijn opmerking over de naderende datum van Hitlers verjaardag, die niet omringd kon worden door donkerdere en droeviger voortekenen,

Karl Martin deed een paar stappen, zijn handen op zijn rug fronsend. Hij had de Führer nog niet persoonlijk gezien. Hij sloot zich op in zijn vertrekken, dicht bij die van zijn trouwe metgezel en assistent Eva Braun. Daarbuiten waren zij, de officieren en chefs, die de gespannen, opgewonden, irritante momenten van Duitse chaos doormaakten.

Karl had niet eens veel contact met de bazen. Andere officieren, net als hij toegewijd aan het schrijven van onderdelen, telefoon- en radioverbindingen met de buitenwereld, de controle over het interne leven van de "bunker" en andere essentiële bezigheden in een kleine ondergrondse stad die volledig van buitenaf geïsoleerd was, waren degenen die woonde rechtstreeks en voortdurend samen met Karl, evenals de huishoudelijke diensten van de 'bunker', afhankelijk van de bevelen van de dienstdoende officieren voor minder belangrijke zaken.

In feite had luitenant Karl Martin dienst op de 18e, vroeg in de middag, toen pessimistische berichten van het front neerregenden op het radiostation in de bunker. Toen werd de hermetische toegangsdeur naar de metro's geopend, misschien om voor de laatste keer iemand binnen te verwelkomen, die al bijna absoluut geïsoleerd was.

"Vier SS-officieren en drie nieuwe bedienden komen naar de kamers van de hoofden en luitenanten van de Führer," vertelde kolonel Fritz Wolkse, belast met het controleren van alle huishoudelijke en secundaire diensten van de "bunker", hem.

'Nou meneer,' beaamde Karl met een ferme saluut. Ik zal ervoor zorgen dat ze worden ondergebracht en dat alles in orde is nadat ze de bunker zijn binnengegaan.

'Ja, luitenant, regel dat allemaal', vroeg de kolonel met een zucht. Ik heb te veel andere dingen om voor te zorgen.

Karl knikte, met nog een groet. Zo was die avond getuige van de binnenkomst in de ondergrondse schuilplaats van zeven mensen. Vier SS-officieren, van wie twee gewond door granaatscherven, gingen naar de ziekenboeg. En drie bedienden, van wie één man en twee vrouw. Ze waren bestemd voor de bediening van obers, van de bazen, op de benedenverdieping van de "bunker", bestemd voor de Führer en zijn meest directe dienaren.

Karl begon om zeven uur en controleerde zijn ID's van tevoren. ik kon nietikdaar nog steeds risico's nemen. Iedereen die de "bunker" betrad, moest bewezen trouw zijn aan het Derde Rijk. Karl dacht, met bittere ironie, dat als ze wisten wie Karl Martin was, als ze zich zouden voorstellen dat deze jonge officier een Gestapo-agent had neergeschoten en de nagedachtenis van Erwin Rommel verdedigde en Hitler van zijn dood beschuldigde, ze niet precies daar nu...

Het was de beurt aan de drie bedienden. Hij ging snel door de rol: Horst Frübeck, Hilde Stragg ... en Erika ..., Erika Polman.

Hij herhaalde fluisterend:

"" Erika Polman ... "

Ze sloeg haar ogen op en keek hem vreemd aan. Een van de SS-officieren, van de twee ongedeerd, draaide ook zijn hoofd, geïntrigeerd door zijn intonatie.

"Ja, dat ben ik, luitenant" antwoordde ze droog. Is er iets mis met mijn inloggegevens?

'Nee, nee,' ontkende Karl aarzelend. Ze stond plechtig op en herwon haar rust. 'Alles is in orde. Doe Maar. Sluit de toegangsdeuren!

De voogden gewapend van de buitengangen in gebruik genomen de hydraulisch systeem dat de in- en uitgangen van de «bunker» hermetisch afsluit. Het gebulder van artillerie en bombardementen bereikte hen het duidelijkst op de momenten dat de toegang tot de ondergrondse schuilplaats open bleef.

Erika Polman was haar documenten aan het verzamelen, maar ze kon een nieuwsgierige blik op Karl niet ontwijken. Hij keek haar op zijn beurt aan. Ze lachte. Ze was blond, lang en goed gebouwd. Haar ogen waren iets donkerder dan Roszy. En meer onderscheid in zijn lucht.

'Kennen we elkaar, luitenant?' Hij vroeg.

'Ik denk het niet,' ontkende Karl. Ik was gewoon... verrast door zijn naam.

"Waarom?

"Ze vertelden me eens over een Erika Polman die in Berlijn woonde.

"Ja? Wie heeft er met hem gesproken?

"Een andere vrouw" Karl glimlachte, schouderophalend. 'Ik denk dat ze niet dezelfde is. Het zou te... toeval zijn.

'De wereld is vol toevalligheden, luitenant. Zeker tijdens een oorlog. Heb je ooit gehoord van die vader die in de loopgraven, met een bajonet op de vijand oprukkend, oog in oog stond met zijn zoon, geboren in een ander land en een soldaat van de tegenstellingen?

"Ja heb ik gehoord." Karel glimlachte. " De Erika Polman over wie ik hoorde... woonde in de Friedrichstrastrassee in Berlijn.

Erika huiverde onmerkbaar.

'Ik woonde in de Friedrichstrae... totdat de Engelse bommen het gebouw tot zinken brachten,' zei hij kortaf, zijn onderlip trillend.

"Hemel...

'Wie heeft u over mij verteld, luitenant? Was die vrouw misschien...?

"Rossie.

"Ya" Erika boog haar hoofd. Toen hief hij haar met koude ogen op en verklaarde op ijzige toon: 'Hij moet haar in Göttingen hebben ontmoet, toch?

"Ja.

'Zoals alle soldaten haar kenden, nietwaar?

'Nou, ik...' Karl knipperde met zijn ogen, onaangenaam verrast. Erika's serene schoonheid werd verstoord door een sfeer van hardheid, zelfs minachting ". Ja, dus het mag gezegd worden. Maar het is moeilijk voor haar...

"Het is de waarheid. Het was altijd klein, nauwgezet.

Y de oorlog deed de rest.

'Ze sprak lovend over je, Erika.

"Hij deed alleen wat hij moest doen. Ik ben altijd heel anders geweest dan haar, veroordeel me niet zoals Roszy.

'Ik heb haar nog niet geprobeerd. Maar ik begin het te doen en je verliest het in de vergelijking.

'Dat zou ik niet zeggen als ik wist dat Roszy stierf... nadat hij een agent van de geheime staatspolitie dodelijk had verwond,' meldde Erika streng. "God weet wat voor vuile zaak mijn kleine neefje zou doen!

Karel was verrast. Nu gebruikte hij die verrassing om een schijnbare toon van spijt en verbazing aan te geven. zijn stem:

"Roszy dood! Het is niet mogelijk! ... Toen ik Göttingen verliet ... was ik vol leven.

'Nou, het bestaat niet meer, luitenant. En de wereld heeft er niets mee verloren', verklaarde Erika Polman, het timbre van zijn stem bevroren.

Hij passeerde Karl en liep met de rest van de dienst de bunker in. Hij leunde tegen de muur en vroeg zich af hoe Erika zo over haar dode neef kon praten.

"Nog steeds verrast, luitenant? -" vroeg een zachte stem naast hem ...

Hij hief zijn hoofd op. De SS-officier zat naast hem. Martial, strak, arrogant en koud. Een blonde streep trok over zijn brede voorhoofd. Hij had ijsgroen dat heel aandachtig staarde, en zijn mond was vlezig, stevig, met een trillende rictus, die de hardheid van zijn gezichtshoeken in zijn kaken naar voren bracht. Was jong.

"Ja, ik ben verrast", bekende Karl ", het is een groot toeval om twee aan elkaar verwante vrouwen te ontmoeten, zonder ze te zoeken. En het is verschrikkelijk om te weten dat een van hen is overleden ... blijkbaar een verraad plegen van haar land.

'Ik begrijp u, luitenant. Sta mij toe mezelf voor te stellen. Ik ben luitenant Helmut Wagner van de SS. Hoewel je dat al weet, van het appèl aannemen. En jij?

'Luitenant Karl Martin... van de divisie 'Panzer Twenty-One'.

"" Panzer "Divisie?" De gesprekspartner trok zijn gouden wenkbrauwen op. "Trouw aan Rommel, luitenant?

'Dat waren we altijd allemaal, luitenant Wagner. Trouw aan Rommel, aan Duitsland, aan de 'Führer. Zoals jij.

"In zekere zin, zoals ik. Maar ik heb nooit tegen zijn quarterback, Martin, opgekeken. En erger je er niet aan.

"Waarom zou ik beledigd zijn?" Karl beheerste zijn irritatie. Zou je, als ik zei dat ik Himmler nooit bewonderde?

Die van de SS beschuldigde de ironie van de coup. Hij ging rechtop staan, streng en keek hem met duidelijke kilheid aan. Karl merkte dat hij zich enorm inspande om zich in te houden en het gesprek in der minne voort te zetten,

'Het is niet hetzelfde, luitenant Martin.

'Waarom niet, luitenant Wagner?' Karel glimlachte strak.

'Nou, laten we het daar maar niet over hebben,' zuchtte Wagner. Onthoud gewoon dat Rommel dood is... en dat Heinrich Himmler nog leeft, en ook een vertrouwde man is van onze Führer, luitenant. Het is niet hetzelfde, toch?

Hij boog zonder zijn stijfheid te verliezen, gaf een krijgshaftige klik met zijn hielen en liep weg, zich abrupt omdraaiend en afscheid nemend:

'Het was een genoegen u te ontmoeten, luitenant Martin.

Ik hoop dat we goede vrienden zijn ... "Heil Hitler!"

'"Heil Hitler!"' Antwoordde Karl, zonder overtuiging, en geloofde geen enkel woord van het laatste geuit door SS-officier Helmut Wagner.

Nee, hij dacht niet dat hij en Wagner erg goede vrienden waren. Dit was de typische SS-militair, opgeleid in de duistere en sinistere school van Himmler en het onverdraagzame nazisme.

Hij kon daar natuurlijk niets anders verwachten. Het was het nest van de grote vogels, van de loyalisten aan het Reich, van de fanatici en van de overtuigden. Het ging niet alleen om Wagner en anderen zoals hij. Erika Polman was een levend voorbeeld van het soort landgenoten daar. Hij kon niet vragen om gelijkmoedigheid, of begrip, of lauwheid. Alles was warm en koud tegelijk. Brandend fanatisme, ijzige starheid. De nazi-geest in die 'bunker' was meer dan een geest: het was de realiteit, de gesloten, vasthoudende, onwrikbare kliek van degenen die loyaal waren aan een idee dat daar dramatisch instortte, te midden van ruïnes, gebroken loopgraven en velden vol lijken. .

Langzaam keerde Karl Martin ook terug naar het binnenste van het "bunker"-gevoel boven zijn hoofd, de zwakke, maar steeds heviger rillingen naarmate de uren en dagen verstreken, van de Berlijnse bodem.

"We leven nog", fluisterde Karl.

4

Het was de eerste keer dat ze hem persoonlijk zag.

Het was zijn verjaardag. En de Führer verzamelde in de "bunker" alle hoge militaire leiders die zich in Berlijn verzetten tegen de intimidatie van de Russische artillerie en de luchtvaart.

Op 20 april 1945 vierde de opperste man van het Derde Rijk zijn verjaardagsfeestje. Karl Martin heeft hem nooit eerder gezien.

Toen zijn blik op Hitler in de ruime kaartenkamer viel, verdween veel van Karls instinctieve vijandigheid jegens zijn Führer plotseling.

Hij begon iets anders te voelen. Misschien was het jammer...

Jammer voor die man, die waanzinnige titaan, altijd trots, altijd superieur en vergroot door de concepten van zijn levendige, vurige toespraken. Zo herinnerde hij haar eraan.

Toen hij die gekrompen, aarzelende man met grijzend haar, verwilderd gezicht, geïrriteerde ogen, waarvan er één een nerveuze tic op het ooglid had, zag en onvast liep, terwijl hij met zijn linkervoet sleepte, begon Karl een diep medeleven voor hem te voelen. . Het was alsof je getuige was van de langzame en pijnlijke doodsstrijd van een mens die, met al zijn fouten, nu verpletterd werd onder het gewicht van verschrikkelijke verantwoordelijkheden, gezonken door de impact van een nederlaag die zijn leven verbitterde, al mager en verwilderd.

Dit was dezelfde Adolf Hitler die de wereld begon te vrezen en te haten sinds de dagen van de invasie van Polen in 1939. Dit was de superman, op ongeloofwaardige wijze vernietigd door nervositeit, spanning, gebrek aan natuurlijke slaap, de werking van kalmerende middelen. Hypnotisch, de grimmige teleurstelling van het nieuws van het front en zijn huidige gedwongen afzondering in die ondergrondse schuilplaats onder de gebarsten muren van de kanselarij.

"Gelukkige zesenvijftig jaar," hoorde mijn "Führer" Karl Hermann Göring, hoofd van de "Luftwaffe" en maarschalk van het Reich, spreken.

Hitlers antwoord ging verloren in het geroezemoes van stemmen van de hoogste Reichsleiders, verzameld rond de nog steeds magnetische persoonlijkheid van de Führer.

Karl liep weg van de tafel die speciaal bestemd was voor hogere leiders, Hitler en Eva Braun. De koffie en champagne begonnen te stromen. Het avondeten was voorbij en. Hoewel alles in die kamer helder leek en alle kamers van de "bunker" het feest vierden dat luidruchtig drank en eten morste op de plechtige datum, was er iets vreselijks, verstikkends, in die mannen en vrouwen met verwilderde gezichten, bezorgde en rode ogen , van nerveuze en rusteloze gebaren.

Karl verliet de kaartenkamer en liet de gekunstelde drukte van de Führer en zijn directe persoonlijke kliek achter. SS-bewakers escorteerden Hitler, zelfs te midden van zijn handlangers. Karl ontdekte Helmut Wagner tussen die bewaker, star en onbuigzaam, die de deur van de kamer bewaakte.

"Gelukkige dag, luitenant Martin" wenste hij hem toen hij voorbijkwam. Heeft u al geproost op de gezondheid en de uiteindelijke triomf van onze Führer?

Het leek een verborgen ironie te bevatten die Karl niet leuk vond. Hij wierp een blik op zijn strijdmakker en antwoordde scherp:

"Sik, al gedaan. En nu ga ik verderenndolo. Champagne drinkenña, men vergeet zelfs dofwaar isnaar en stel je zelfs voor dat die dreunen daarnaar buiten zijn niet cañRussische onazos, maar vuurwerk ter ere van de Fofhr...

Hij liep weg zonder meer toe te voegen. Spottend stuurde Wagner hem weg:

'Veel plezier, luitenant Martin! De dienstmeisjes zijn erg opgewekt en vrijgevig vanavond. Je zult een feestje met ze geven, je zult zien... Maar bewaar wat voor als ik over een uur deze functie verlaat en je ontmoet.

Karel antwoordde niet meer. Maar toen hij bij de dienstkamers kwam, ontdekte hij dat Wagner gelijk had. De meisjes die dienden als serveersters en andere ondersteunende diensten, huishoudelijk of officieel, in de bunker, waren die nacht behoorlijk veranderd. De champagne, de fictieve vreugde van het feest en misschien een beetje ontspanning in de gebruikelijke spanning, ze hadden het wonder veroorzaakt . Ze lachten, zongen of vertoonden hun fysieke liederen, sprongen op de tafels en wierpen zich vervolgens in de armen van officieren en ambtenaren van de "bunker".

Zonder te beseffen wat er gebeurde, kwam Karl een van die vrouwen tegen.

"Goedenavond, knappe luitenant!" gilde de vrouw, in wie ze de weelderige roodharige Hilde Stragg herkende, de bediende van de Kanselarij die op dezelfde dag als luitenant Wagner en Erika Polman de bunker betrad.

"Dat is genoeg, dat is genoeg!" Karl protesteerde, duwde haar zo goed als hij kon weg en liet haar in de armen van een andere officier vallen, die haar graag verwelkomde.

De luitenant stond op, veegde de stof- en champagnevlekken weg die de gekke Hilde op hem morste, en keek rond in de koortsachtige orgie van mannen en vrouwen in de bunker.

Hij zag nergens waar hij keek, Erika Polman.

Erika moet hier afwezig zijn geweest, misschien omdat ze niet van dat soort feestjes hield of misschien omdat een of andere servicedienst het verhinderde. Karl wist niet de specifieke reden waarom hij zo dringend naar Erika zocht: misschien omdat Roszy's neef zich vreemd en gewelddadig had gedragen als het om Roszy ging, wat niet terecht was, hoe weinig vrienden de twee vrouwen ook waren geweest. , na de dramatische dood van Roszy Polman in Göttingen.

Hij toerde langs verschillende zalen waarin champagne rijkelijk vloeide, militaire marsen werden gezongen of melancholische liederen die spraken over vrede, liefde en gelukkige tijden. Je zou zeggen dat hij de kantoren van een kanselarij bezocht in normale en zegevierende tijden, zonder het latente gevaar van Russische bommen en granaten op de stad, zonder het verwoestende nieuws van een Duitse ineenstorting op alle fronten en benaderingen van de eens zo schitterende hoofdstad . van het Rijk...

Het was nep, ja. Maar soms kon de nep-sfeer verbazingwekkend goed worden nagebootst. Zoals nu.

Opeens vond hij haar.

Hij stopte bij de drempel van de deur die naar de serverruimtes leidde. Erika hief haar hoofd op. Hij had het champagneglas nog in zijn hand. De gouden vloeistof borrelde in de container, schijnbaar intact. Ze keek hem aan: boven het heldere niveau van de schuimige vloeistof.

'Waar heb je je glas gelaten, luitenant?' vroeg ze een beetje nors.

'Ik draag er geen, Erika...' antwoordde Karl.

"Waarom? Geen baby?

"Soms. Ik hou gewoon niet zo van champagne. En ik ben bijna blij. Daarbuiten verliezen mensen zelfs het idee van fatsoen en waardigheid.

"¿Waten drink je regelmatig? ¿Ten? Er zijn enkele aandelen voor "mein" Führer. Hij is schaars, maar ik denk niet dat ze me zullen neerschieten als ik hem een kopje inschenk...

""Nee, dank u wel. Ik wil ook geen thee. Als je bier hebt...

"Bier... O zeker. Er is wat je wilt. Daar heb je blikken, kies flessen, luitenant. Maar je moet champagne drinken. Het is een datum om te vieren,

"Geloof je?" zei Karl droog terwijl hij een fles oppakte die hij op de rand van een metalen tafel die aan de muur was vastgemaakt, opensloeg. Hij nam een slok.

'Het is de verjaardag van de Führer!' Ze keek hem hooghartig aan. "Is het niet de moeite waard om te vieren?

'Ik zou het hem vragen. Het is mogelijk dat ik je een specifieker antwoord heb gegeven,

'Je viert het toch?' Erika nam een slok champagne. Hij bewoog niet van zijn stoel, op de rand van het bed dat zij in de dienstvertrekken innam". Dat is wat telt. Zie het als Hitlers antwoord.

"Dit feest doet me denken aan de feesten die na begrafenissen worden gevierd, als een geschenk aan de aanwezigen. Alles ruikt hier naar een begrafenis, Erika. Om dood...

"Dood!"ze huiverdeof. Haar ogen, die naar hem keken, waren groot, donkerblauw, bijna indigo. Karl had kunnen zweren dat ze angst weerspiegelden. 'Waar heb je het over, luitenant? Wie gaat er dood?

"Iedereen.

"Iedereen!

"Iedereen, Erika" Karl kwam langzaam naar voren. Zijn lakleren laarzen, glanzend tijdens die vakantie in de "bunker", piepten terwijl hij door de kamer liep. "We zijn allemaal dood."

"Hou je mond!" Het glas schudde in haar hand en ze morste champagne op haar zijden kousen, die tot boven de knieën bloot waren.

" Het maakt niet uit of ik mijn mond houd of niet. Je weet wat dit is. We leven als een maskerade, een tragische poging om in leven te blijven. Maar dit heel..."Hij wees op de koude grijze betonnen plafonds, de koude, rauwe blauwe lichten, de kale muren, de rigide functionele stijl van de essentiële meubels, de spartaanse eenvoud van alles eromheen", dit ding, Erika, is als een graftombe. . We leven in nissen, in een nachtmerrieachtige wereld, ruikend naar het graf, naar een begraafplaats, naar een doodskist die op het punt staat ons eindelijk te sluiten.

"Oh nee nee!" Ze kreunde. ik ging drinken; Plots leek ze er beter van te denken en gooide het glas naar Karl, schreeuwend, gebroken ": Blijf je verdomde pessimisme verteren, maar prent ze anderen niet in! We zullen slagen! We zullen zegevieren naast de Führer!

Hij stormde de kamer uit toen het glas aan Karls voeten verbrijzelde, die helemaal niet bewoog. Het meisje verdween door de gang, in de richting van de luidruchtige viering van de nazi-officieren.

Karl is vertrokkenof langzaam vallen in een gelijkwaardige stoelnaarlik. Met zijn blik verloren in de lucht, vervolgde hij:of dronk korte slokken bier en mompelde, heel langzaam, alsof hij stilletjes zijn eigen gedachten blootlegde:

"Dood ... We zijn allemaal dood, en in onze graven ...

Y Vind je leukIn grotesk contrast met zijn langzame bevestiging kwam het hoge gelach, het gerinkel van glazen, liedjes en geschreeuw uit de onmiddellijke kamers, waar ook hij heel langzaam terugkeerde, tussen onverschillig en moe. Moe van veel dingen; zoals de meeste wezens die zich daar verzamelden, in de ondergrond van Berlijn ...

* * *

Berlijn is in een paar uur helemaal omsingeld, 'mein' Führer. Waarom verlaat u de kanselarij niet en vestigt u zich in Berchtesgaden, om Duitsland te blijven leiden?

"Ik zal Berlijn nooit verlaten. Wat je zegt is absurd! 'De Führer antwoordde zijn generaals Keitel, Krebs, Jodl en anderen, onder wie Von Kelber.' De Russen zullen de bloedigste nederlagen voor de onneembare poorten van Berlijn brengen. Vervolgens zullen we de geallieerden overweldigen naar de zee ...

Hitlers verzekering van zijn fantastische claim fascineerde iedereen. Ondanks het feit dat ze militaire veteranen waren, die de onvermijdelijke chaos wisten dat ze al gedoemd waren, eiste de bovenmenselijke aantrekkingskracht van de dictator van Duitsland een paar ogenblikken zijn tol en overweldigde hen. Alsof dat echt zou kunnen gebeuren. Alleen Hermann Göring stond zichzelf toe hieraan te twijfelen en stond erop dat Hitler afwezig was in Berlijn. De Führer antwoordde woedend.

Voor het einde van de nacht van Adolf Hitlers verjaardag vertrok Göring in zijn gepantserde "Mercedes" naar Beieren, gevolgd door een groot escorte en voertuigen waarin hij zijn enorme schat droeg. Hij zou niet gered worden, maar dat was hem nog onbekend toen hij vluchtte, als een andere rat die het schip verliet dat ging zinken...

"In het ergste geval, als het zou gebeuren," zei Hitler later, "benoemde hij Dönitz opperbevelhebber van de noordelijke zone en maarschalk Kesseling voor de zuidelijke zone. Dus als Duitsland zich in twee zones splitst, zal er een leiderschap in beide ... Ik blijf waar ik wil.

'Ja, 'mein' Führer', zei Goebbels enthousiast, die zijn onaantastbare standpunt om tot het einde in de Reichshoofdstad te blijven, ondersteunde.

De gesprekken werden onderbroken toen iets luid snurkte boven de "bunker" en heel dichtbij, boven hun hoofden, begonnen enorme dreunen te klinken die de lichten van de schuilplaats deden oscilleren en zorg en angst veroorzaakten bij de aanwezigen op het zielige jubileumfeest van de 'Fürhrerbunker' ...

"Bommen... Russische bommen boven Berlijn. De rode luchtvaart staat al voor de poorten van de stad "zei Von Kelber hees, starend naar het betonnen plafond met een uitdrukking van spanning" Mijn god, ik denk dat het einde dichterbij komt ...

Maar dat hoorde Hitler niet. Als hij het had gehoord, zou hij het ook niet hebben toegegeven. Voor hem was de overwinning nog steeds Duits. Zelfs Karl Martin, toen hij twee halfdronken officieren hierover hoorde zeggen, had geen andere keuze dan Hitler te bewonderen. Volgens haar was een man die in staat was om in dergelijke omstandigheden zo te denken, bewondering waard.

Al die tijd bleef de Russische luchtvaart Berlijn verpletteren. Rode waaiers, van hevig vuur, sprongen door de straten. Nieuw puin stapelde zich op, tussen een rokerige hectare, ik kwam in stof dat de nacht van 20 op 21 april 1945 vertroebelde ...

Onder dat trottoir beefden ook enkele mannen. Met weinig hoop, zonder vertrouwen in iets of iemand...

* * *

Erika zette haar nieuwe champagneglas neer. Hij hield niet van drinken. Ze wilde niet dronken worden zoals die secretaresses, serveersters en bedienden van de "bunker" die nu dronken, neuriënd over de vloer rolden en zich lieten omhelzen door even dronken officieren als zij.

Hij trok zich langzaam terug uit de show. Er werd gezegd dat Pompeii er zo uit moet hebben gezien door te verwijzen naar de lava van de vulkaan die over haar heen rolde, als straf voor haar zonden. Hij huiverde en duwde het idee weg.

'Ik hoef ze niet allemaal te beoordelen,' mompelde hij. We mogen op dit moment niemand veroordelen voor zijn daden. Ze zijn gek, ze worden allemaal gek, op een plek als deze, met de vijand buiten... Nee, dit valt hen niet te verwijten.

"Eenzaam en verveeld op een avond als deze, mijn lieve Erika?

Hij hief zijn hoofd op. Hij staarde naar luitenant Helmut Wagner van de SS. Ook hij leek sereen, ondanks het feit dat hij een vol glas champagne in zijn hand droeg.

'Ik hou niet van drinken, luitenant,' antwoordde ze glimlachend.

"O, dat kan niet worden toegegeven. Ik hou er ook niet van, maar ik drink. Het is... het is een afgesproken datum, nietwaar?

"Als dat zo is. Ook hier is het een bijzondere dag. Maar niet iedereen viert het op dezelfde manier.

Ben jij een van die introverte vrouwen die tegen zichzelf praten en weglopen van wereldse herrie?

"Niet helemaal. Maar er zijn momenten waarop men graag reflecteert, mediteert ...

"Niet nadenken. Het is nu een slechte zaak. Het is beter om te leven. Leef en vergeet de rest. Wat er ook gebeurt.

'Ook al... we zijn allemaal dood?

"Hè?" Wagner huiverde. Wat zei hij?

"Negeer me" zuchtte ze. " Het is iets dat ik vanavond iemand hoorde zeggen. Het is geen gelukkige uitdrukking, luitenant. Vergeet het maar,

"Het is vergeten. Zullen we wat drinken?

"Nee, dank u wel.

'Kom op, Erika, je moet met mij drinken,' glimlachte Wagner, terwijl hij zijn glas champagne in één teug leegdronk. "Ik ben pas twintig minuten vrij en ik begin net plezier te krijgen. Ik wil niet alleen verder. De andere meisjes... nou, ze lijken het erg druk te hebben met hun partners. Ik... .. Ik heb geen partner en jij bent de mooiste en interessantste vrouw in de bunker.

'Bedankt voor het compliment, luitenant. Maar ik blijf zijn uitnodiging afwijzen. Ik drink niet.

'Zullen we dansen dan?

Erika aarzelde. Ze wierp een blik op de SS-officier, nogmaals controlerend of hij kalm was, en haalde haar schouders op, niet erg enthousiast.

'Goed,' mompelde hij. Ik denk dat ik niet kan weigeren... Laten we daarheen gaan.

"Bravo! We zullen plezier hebben, Erika. Uiteindelijk zul je zien hoe we plezier zullen hebben ...

Hij pakte haar bij de arm en leidde haar naar de pick-up. Hij zette een dansplaat op. Ze begonnen te dansen, het kon ze niet schelen wat de andere koppels deden.

* * *

Een ander album verving het vorige op de plaat. De naald landde op de groeven. De muziek drong alles binnen en overstemde het gebrul van de bommen buiten.

"Oh nee, dat is genoeg..." vroeg Erika.

"Hé, als we nu plezier gaan maken!" Wagner protesteerde opgewekt.

Y Hij nam een longdrink uit een fles champagne en nam de fatigada Erika, die worstelde en weerstand bood om door te gaan met dansen.

"We hebben meer dan twintig dansen op een rij!" Ze maakte bezwaar. Ik zal niet meer dansen. Trouwens, tussen dansen en dansen drink je verschrikkelijk. U kunt niet meer opstaan, luitenant.

"Hé, beledig me niet!" Wagner raasde, hikkend. "Ik kan nog twintig stukken dansen, lieverd!

"Maar ik, nee," onderbrak hij hem resoluut, hem duwend, "De dans is voorbij, luitenant. Zoek andere meisjes. Er zijn er die nog in zijn armen kunnen staan ...

"Nee nee!" Hij protesteerde en raakte opgewonden. Hij strompelde naar haar toe. "Ik wil geen ander! Ik hou van je, Erika, lieverd!

'Het begint de grenzen van de correctie te overschrijden', waarschuwde Erika Polman koeltjes. "Ga weg, luitenant Wagner. Ik dans niet meer.

Hij hief de naald van de platenspeler op. Het dansstuk stopte. Snel kwam Wagner naar haar toe en griste in een uitbarsting van woede de schijf van het bord.

'Je zult met me dansen, schat, of je het nu leuk vindt of niet!' huilde "; En zonder muziek!

De schijf sloeg tegen de betonnen muur. De fragmenten sprongen hevig, op het punt hem te verwonden. Erika probeerde met snelle passen te vertrekken. Hij kon het niet. Wagner sloeg een arm om haar middel en legde zijn andere hand op haar romp, drukte haar tegen haar shirt tot het kraste, bijna scheurend met zijn gebalde vingers.

'Nee, nee,' mompelde hij. Je gaat hier niet weg, schat. Komen; je vriend Helmut gaat je laten zien dat we vanavond plezier kunnen hebben ... veel plezier!

"Laat me los! Laat me los!" Schreeuwde ze.

Dronken agenten en slaperige meisjes lachten om het tafereel. Het amuseerde hen. Ze vocht in de wetenschap dat niemand haar uit Wagners klauwen zou trekken, veranderde in een moedwillig beest, haar geest afgestompt door alcohol.

"Ik vind je mooi; ik heb je altijd leuk gevonden... Kom geef me een kus. Laat je gezworen Helmut van je houden...

Plots brak de vuile hilariteit van de andere paren. Een stem, hard en koud als de rand van een bajonet, waarschuwde achter Helmut Wagner:

Laat haar los, lafaard. Heb je me gehoord? Laat die vrouw vrij, luitenant Wagner!

5

Hij liet haar los.

Hij veranderde, zodra hij haar losliet, een deel van de alcoholische dampen die zijn geest vertroebelden, plotseling verdwenen, waardoor de koude SS-officier in een primitief beest veranderde, gedreven door instinct,

Erika, verrast, nog steeds hijgend, bedekte zichzelf zo goed als ze kon, met flarden van haar gescheurde blouse, haar borst die onder de scheuren van haar fijne ondergoed uit gluurde. Ze keek verbaasd en hoopvol naar de stevige, rechtopstaande figuur van Karl Martin, die nu voor de weerzinwekkende Helmut Wagner stond.

De SS-officier, die zijn blonde, steile haar in de war had gebracht, sprak, bijna de woorden afbijtend, scherp en droog:

'Blijf erbuiten, Maarten! Ik heb niet om uw tussenkomst gevraagd!

'Maar juffrouw Polman, ja,' sprak hij zacht. Ze vroeg om hulp.

'Liegen! Het is aan ons allebei. Ze... ze was erg blij met de situatie, weet je. Maar vrouwen doen graag alsof ze fatsoenlijk zijn, Martin.

"Lafaard, leugenaar!" siste Erika. Je walgt van me, Wagner!

'Het walgt mij ook, Wagner,' sprak Karl hard, zonder zijn ogen van Helmut Wagner af te wenden. "Je bezorgt me een onoverwinnelijke walging. Met jongens zoals jij in vertrouwensposities groef het nazisme zijn eigen graf ... Varken!

Wagner reikte plotseling naar zijn pistool en begon het te trekken. Karel handelde snel. Hij strekte een van zijn benen uit en reikte naar de gewapende hand met een trap van zijn harde laars. De "Luger" van de SS-officier ontsnapte met geweld en stuiterde droog op de betonnen vloer.

Daarna werd Karl een soort precieze, wiskundige wervelwind wiens vuisten snel in actie kwamen tegen Wagner. De SS-officier kreeg twee droge slagen op de maag, en voordat hij zijn eigen vuist aan Karls

56

kin kon verbinden, kreeg hij nog een klap met zijn linkervoet, dit keer op de lever.

Karl wankelde toen hij de directe van Wagners harde knokkels ontving, terwijl Wagner razend hoestte na de klap met zijn linkervoet op zijn lever. Snel handelde de SS-officier naar Karl die herstelde van zijn leverpijn.

Hij pakte een fles champagne en sloeg die kapot op de rand van een metalen tafel, Game bewoog zich met al zijn energie in actie, in een rechte lijn over Karl heen.

"Kijk uit!" Erika waarschuwde radeloos. Het zal hem doden, Martin! ...

Martin zag hem aankomen, herstellende van zijn kortstondige verdoving, terwijl Wagners rechterhand het angstaanjagende wapen hanteerde dat de versplinterde fles was, erger dan een stel scherpe messen, dodelijk gericht op Karls keel.

De dood werd weerspiegeld in de glazige, geïnjecteerde ogen van agent Helmut Wagner terwijl hij op Karl afstormde, zwaaiend met de angstaanjagende versplinterde fles die in een fractie van een seconde door zijn nek zou kunnen snijden. Het scherpe, stekende glas floot onheilspellend de lucht in en ontsierde de slag met fracties van een millimeter. Karl ervoer de innige, dodelijke aanraking en een koude rilling liep langs zijn ruggengraat omhoog tot hij achter in zijn nek neerdaalde.

Maar hij bleef niet stil. Hij wist dat de minste mislukking in zijn acties het einde betekende voor het woedende, blinde en dronken leger van de nazi-SS: het zou echter ook zijn definitieve einde zijn om te wachten op de nieuwe slag. Je hebt niet altijd hetzelfde fortuin in een tijd als deze, dacht hij terwijl Wagner herstelde van de mislukte poging en op zijn hielen draaide om nog een snee in zijn keel te krijgen.

Deze keer was Karl effectief, precies en zelfs brutaal. Het moest. Anders was hij verloren. Onweerstaanbaar verloren.

Wagner stak zijn hand uit om het glas in hem te prikken. Karl, energiek, sprong opzij, zijn handen raakten de stapel platen aan, wachtend om in de pick-up te worden gelegd voor het officiers- en werknemersdansje! "bunker". Hij pakte er snel een en klikte ermee op de rand van de metalen kast waar ze stonden.

Wagner was dicht bij hem en zocht hem fel met de fles. Karl sloeg hem met de rand van de schijf in het gezicht. Wagner huilde om de klap. De harde pasta, geslepen door de snee, spleet haar wang en. lippen, met een droge snee, niet erg diep. Karl was niet wreed, hij probeerde Wagner niet voor altijd te vernietigen.

Hij heeft zijn doel bereikt. Het bloed, dat het gewonde gezicht van de SS-officier overstroomde, verbijsterde hem, verblindde en maakte hem zo woedend dat zijn gevaarlijke sneden in de lucht met de fles, richting en effectiviteit ontbeerden,

Nu slaagde Karl er gemakkelijk in hem te raken met de rand van zijn open hand op de onderarm. Hij liet de fles vallen, die brak, en zodra hij zich bewoog, stak Karl zijn vuisten in zijn lever en boog hem voorover. Wagners bloed spetterde hem. Hij hield echter stand en gaf de laatste klap in zijn nek. De dronken officier rolde zich om en bevlekte met bloed de vloer, meubels en kleding van een halfnaakt meisje, dat zich hysterisch jammerend afwendde:

'Breng hem naar de ziekenboeg,' hijgde Karl, leunend tegen de muur. Meteen.

Een sergeant en een korporaal van de hulpdiensten vanuit de bunker knikten zwijgend, heel duidelijk van hun bedwelming, en wagner snelde naar de ziekenboeg, terwijl Karl zijn kracht hervond, en een zachte stem zei naast hem: 'Dank je. Dank u, luitenant Martin... Bent u... bent u gewond?

Hij draaide om. Erika leek volgzamer, zachter en nederiger dan voorheen. Hij ontkende langzaam, met een halve glimlach:

"Nee, ik ben niet gewond. En jij? Heeft die wilde je pijn gedaan?

"Kleine krasjes. Het was... het was weer een schade die ik voelde in deze pijnlijke situatie, Martin.

"Ik begrijp het" hij keek haar met een zekere kilheid aan. Het moet verschrikkelijk zijn voor elke vrouw. Niet voor deze natuurlijk...

Hij wees naar de andere secretaresses en dienstmeisjes uit de kelders van de kanselarij, gewijd aan zijn orgie. Na een korte pauze voegde hij eraan toe:

"Roszy was niet dat soort, je kunt me geloven. Ze was een goede meid. Alleen hij leefde op zijn manier. In werkelijkheid, als je zo leeft, vraag je je af of iedereen er niet goed aan doet om zo intens mogelijk op zijn eigen manier te leven.

'Probeer me niet te overtuigen,' antwoordde Erika langzaam. Denk je dat hij echt een hekel had aan Roszy?

'Dit is hoe je het me liet zien toen je bij de bunker kwam.

'Ik deed alsof, Martin.

'Deed ze alsof?' Karl trok zijn wenkbrauwen op en staarde haar aan. " Waarom?

"Vaak moet je doorbijten en je eigen gevoelens verbergen als de partij en politieke belangen erbij betrokken zijn, Martin. Ik ben altijd een ambtenaar van de staat geweest en loyaal aan de partij...' Ze keek om zich heen, alsof ze bang was om gehoord te worden door die reeks faunen en nimfen in uniform. Hij voegde er met zachtere stem aan toe: "Roszy was anders. Ik weet dat ze haar in de gaten hebben gehouden wegens ongenoegen met het Reich. Toen... hoorde ik van zijn dood. Wagner en de anderen zijn van de SS. Er zijn overal Gestapo-agenten. Verwacht je dat ik iets win door solidariteit te tonen met mijn ongelukkige neef? Nee, Maarten. Ik moest het doen. Mijn God, arme Roszy, ik hoop dat hij me weet te vergeven...

'Waar ze is, is alles vergeven, Erika,' mompelde Karl neerslachtig. Hij rookte langzaam een sigaret. De tabak smaakte naar touw en hij gooide het boos weg, erop stappend met de hak van zijn laars ". Het doet me plezier te weten dat je niet bent zoals je lijkt.

'Hij mocht me niet, hè? -' Ze glimlachte zwakjes.

"Eerlijk gezegd Nee.

'Waarom kwam je dan voor mijn verdediging in gevaar voor jou?

Karel zweeg even. Erika bedekte zich nu met een militaire tuniek van een officier die naast de stille pick-up lag te snurken, dronken. Maar haar kobaltblauwe ogen waren op hem gericht, alsof ze op een antwoord wachtte.

'Ik weet het niet...' Karl bekende uiteindelijk. "Ik weet het niet, Erika...

* * *

Het zou voor Karl Martin moeilijk worden om die dag te vergeten.

Het was 22 april 1945. Achtenveertig uur na het verjaardagsfeestje van de Führer.

In de bunker was er niet veel veranderd. Sommige verbruiksartikelen waren schaarser gerantsoeneerd, zelfs voor de dienst van de Führer ontbraken, en de nerveuze spanning was met een paar gehele getallen gestegen. Dat was alles blijkbaar. Onder de huid van de officieren, opperhoofden en functionarissen gegroepeerd in de geheime schuilplaats onder de reeds gehavende kanselarij, waarover de Russische squadrons onvermoeibaar vlogen en tonnen bommen dropten, die soms gericht waren en soms niet, de geesten van degenen die zich verzamelden op de verbazingwekkende plaats ze verloren kracht, wil, hoop.

De telefoon had de dag ervoor een van Hitlers wanhopige bevelen uitgevaardigd:

"" Generaal Felix Steiner van de SS zal het bevel over de Duitse tegenaanvalstroepen in Berlijn op zich nemen. De officier die een van zijn mannen vrijstelt van deelname aan deze operatie, zal dat binnen vijf uur met zijn leven bekopen. "

Het was weer een van de historische uitspraken van de ondergang van de Führer in Duitsland. Steiner, van de selecte garde van het III Reich "de angstaanjagende SS", nam dus het commando over.

Op 22 april, de datum na dat besluit, zou hij de vruchten van Hitlers beslissende besluit laten zien.

* * *

"Weet jij iets?

'Nog niets, mijn generaal,' meldde Karl, terwijl hij zich opstelde voor Von Kelber, die nerveus en bezorgd aanwezig was in de vergaderruimte van de bunker, en toen deserteerde, behalve zij tweeën en kolonel Fritz Wolkse. , die verantwoordelijk was voor het verzenden van enkele documenten van zijn bevoegdheid in de « bunker ».

"Steiner had al moeten rapporteren over de voortgang van de operatie", merkte Von Kelber op, nerveus over de rode, geaccentueerde neus van een goede Duitse bierdrinker wrijvend. "Waarom doe je het in godsnaam niet gewoon nu? De Führer zal woedend zijn...

Hij zette een paar stappen, geïrriteerd door de kamer, onder de wat onverschillige en vage contemplatie van Wolkse, in wiens handen de papieren ritselden. Karl verstijfde voor zijn superieur.

'En God weet dat ik liever alles doe dan de Führer woedend te zien...' voegde Von Kelber er schor aan toe en schudde nadrukkelijk zijn grijzende hoofd.

Hij verliet de kamer zonder er nog iets aan toe te voegen. Karl stond op het punt hem te volgen, toen de zachte stem van kolonel Wolkse hem toeriep:

"Luitenant, alstublieft...

Karl draaide zich om en groette de oude soldaat, die niet van zijn plaats was verhuisd.

"Ja meneer. Wenst u iets?

'Ja. Blijf hier even. Ik wil graag met je praten.

"Ik ben tot uw dienst.

'Hou daar nu op, jongen,' zuchtte Wolkse langzaam. Ik wil met je praten als een vriend, niet als een meerdere. Rust uit. Kom hier, jongen.

Karl, verrast door de behandeling van de Duitse militaire veteraan, benaderde hem. Fritz Wolkse had scherpe, sluwe grijze ogen. Hij glimlachte naar haar met hen.

'Dit zinkt, jongen,' verklaarde hij plotseling.

Karel slikte moeilijk. Het was gevaarlijk om je te laten meeslepen door zulke uitspraken. Maar iets aan Wolkse wekte vertrouwen.

'Ik weet het, meneer,' zei hij kortaf.

"Ik kan niet zeggen dat het me heel erg spijt", schudde de kolonel zijn hoofd. Ik ben geboren in het leger. Ik ben nog steeds een militair en een Duitser. Als de SS me zo hoorde praten, zouden ze me als een verrader beschouwen. Dat is het slechte. Dat je geen commentaar mag geven, zeg de waarheid grof. Het wordt niet toegelaten. Maar de waarheid is dat ze ons naar deze chaos hebben geleid. Nooit zag ik meer collectieve waanzin, meer blindheid, meer minachting voor de macht van de vijand, voor hun vechtvermogen, voor moreel en fysiek verzet ... En nu is het voor alles te laat. Steiner zal falen... als hij aanvalt.

'Ik begrijp u niet, meneer.

"Ja, je begrijpt me wel." Ze staarde hem aan. "Rennende ratten, weet je. Steiner zal, net als Göring, zijn eigen ontsnapping zoeken. Ik denk niet dat het zal aanvallen. En als hij dat doet, zal het nog een zelfmoord zijn in deze gekke wereld.

'Waarom zegt u dat allemaal, meneer?

'Omdat ik denk dat hij de enige is met wie je over deze dingen kunt praten, jongen. Jij... je bent 'geen nazi'.

Hij zei het fluisterend. Karel huiverde. Maar hij had zijn vermogen tot achterdocht, tot voorzichtigheid al overschreden. Hij realiseerde zich dat alles hetzelfde begon te worden.

„Het is waar, mijnheer.

"Bravo. Een dappere en zelfverzekerde jongen" bestudeerde hem rustig." Een typische Erwin Rommel man. Hij wist hoe hij de werkelijkheid moest zien, nietwaar, luitenant Martin? Jij, zoals iedereen op Panzer 21, zou je leven hebben gegeven om te beschermen zijn.

"Ja meneer.

"Ik weet het. Erwin is vermoord. Er was een kantoor in Göttingen! gezocht door de Gestapo en de SS. Hij sprak in het openbaar over die vraag. Maar ze hebben hem nooit gevonden. Weet jij daar iets van?

Karl tuitte zijn lippen. Hij begon te zeggen:

"Meneer, ik moet u bekennen dat...

Snel wuifde Wolkse met zijn hand om hem tegen te houden. De kolonel sprak scherp:

'Nee, beken me niets, jongen. Niets, begrijp je? Bespreek dit niet eens met iemand. Wees niet te impulsief. De echte verraders van Duitsland zijn degenen die zwijgen, degenen die wachten op het moment om hun modder op anderen te werpen om zichzelf te beschermen. Er zijn hier velen die graag de manier zouden zien om afval op anderen te gooien ...

"Helmut Wagner?

"Het is een van hen. Hij haat je, luitenant. En hun SS-vrienden in deze "bunker" nemen een gemeenschappelijke pauze met hen. Je weet wel: wolven gaan in roedels. Nog geen tijd om elkaar uit elkaar te scheuren... Wees voorzichtig met Wagner.Sinds je dat litteken op zijn gezicht hebt gezien, is zijn haat voor jou en een zekere jonge vrouw in dit toevluchtsoord nog erger geworden.

"Erika...

Wees alert. Voor jou en voor haar. Ik denk dat ik tot alles in staat zou zijn.

"Dank mijn Heer. Ik zal het in gedachten houden...

'Ja, zoon, zuchtte kolonel Wolkse. Dat is alles. Goedemorgen...

Karel begroette hem zwijgend. Zijn blik en die van Wolkse ontmoetten stomme sympathie. Toen verliet Karl de vergaderzaal van de 'bunker' van de Kanselarij.

* * *

Het was halverwege de middag.

"Steiners tegenoffensief is in volle gang, 'mein' Führer. En het neemt toe. Succes op alle fronten direct naar de hoofdstad. De Russen beginnen zich terug te trekken. Ik denk dat we zullen winnen ... "Heil Hitler!"

Het was een telefoontje van Heinrich Himmler, opperbevelhebber van de SS

Even later bracht de Führer zelf zijn Generale Staf in een dringende vergadering op de hoogte van het ontvangende bemoedigende nieuws. Het gedonder van de kanonnen, steeds dichterbij en meer galmend boven het hoofd, leek nu hemelse muziek.

Kolonel-generaal Alfred Jodl, hoofd van de operaties, ging even later de vergadering van de Reichs Generale Staf binnen, met de laatste restjes van de buitenkant in zijn handen. De kleur van zijn gezicht leek perfect op die van was.

'Wat is er, Jodl? Wat is er?' vroeg Hitler, tussen verbaasd en bezorgd in, terwijl hij de gespannen uitdrukking van zijn ondergeschikte opmerkte.

De militair besloot te spreken, niet zonder eerst zijn wil en energie te verzamelen om de slag die hij met zich meebracht, los te laten:

"«Mein» Fofhrer, Steiner heeft niet eens aangevallen. Het laatste communiqué geeft aan dat de gepantserde troepen van maarschalk Zukhov ... Berlijn zijn binnengevallen.

* * *

"Allemaal verloren!

'Alles verloren, ja', liep generaal Von Kelber woedend heen en weer, zijn gezicht had de kleur van as. Het was voorbij. De Führer heeft het zelf gezegd, na zijn woede-uitbarsting over het verraad van Steiner... "Het Derde Rijk is gevallen."

"En er gaan geruchten dat Göring ook van plan is om verraad te plegen en het bevel over de natie op zich wil nemen, ter vervanging van de Führer. Het is mogelijk dat Hitler de komende uren zijn arrestatie of misschien zijn executie zal dicteren ... "meldde een andere stafgeneraal, starend in de ruimte.

"Het is het einde..." bevestigde een ander langzaam.

Al die opmerkingen, geruchten, uitdrukkingen tussen zielig en bang, bereikten de agenten. Een gespannen, vervelende sfeer maakte zich overal meester. De officieren, bedienden, ambtenaren en allerlei personeel opgesloten in de "Führer-bunker" keken elkaar argwanend, bezorgd, angstig aan...

Het nieuws van de Russische belegering van Berlijn was nu ieders domein. Welnu, het afvuren van de kanonnen, in de buitenwijken van de hoofdstad, op de toegangsbruggen tot de grote stad, had een vleugje "requiem", van begrafenismuziek voor het Reich die, volgens de stichter, duizend jaar zou duren. jaar ...

De echo's van nieuwe orders, koortsachtig gedicteerd door Hitler op hun dramatische momenten, vervulden het leger met nieuwe verwarring en verbazing:

"Weet je wat? Generaal Wenck heeft het bevel gekregen van het Elfde Legerkorps om zich terug te trekken naar Berlijn, in zijn gevecht met de Amerikaanse troepen, om de hoofdstad koste wat kost te verdedigen.

'Er is meer nieuws,' zei een kapitein, bleek als een dode, knoopte zijn tuniek los en zijn adem stonk naar alcohol.' Ze hebben een verschrikkelijk bevel gegeven: alle jongens van Berlijn moeten de barricades en de schansen tegen de Russen verdedigen. Je leeftijd doet er niet toe. Ze zijn zeventien, vijftien... of twaalf jaar oud. Alles zal gaan. Degenen die deze dienst verlaten, zullen ter plaatse worden opgehangen door speciale SS-patrouilles ...

"Mijn God!" Karl streek met een bevende hand over zijn gezicht. Ik had het koud, ook al zweette ik enorm. "Het is... het is monsterlijk...

Het kon hem niet schelen of iemand hem hoorde. En ze hebben hem gehoord. Hij ving een verbaasde blik van een officier op, maar toen haalde de officier zijn schouders op en keek hij schuin naar de grond, alsof hij alles negeerde of naar eigen goeddunken knikte.

Het was monsterlijk, ja. Karl beefde bij de gedachte aan die jonge mannen, aan die kinderen die een wapen in hun handen zouden krijgen en de missie om Berlijn met bloed en vuur te verdedigen tegen een machtige, uitgeruste en goed gerichte vijand, zoals de Sovjet.

Hij voelde zich misselijk, walgde zelfs van het feit dat hij was geboren, dat hij tot het menselijk ras behoorde. Een onoverwinnelijke en afschuwelijke walging die hem naar de toiletten dreef. Even later voelde hij zich beter, maar niet veel. Er was iets in zijn maag dat hem met bittere speldenprikken prikte.

Hij zocht Erika tussen de ineengedoken en trillende staf die van tijd tot tijd als verbijsterde spoken door de lege dienstkamers van de bunker dwaalde.

Hij vond het niet. Hij hield Hilde Stragg tegen, die uit een platte fles dronk, de helft cognac.

'Ik zoek je partner, Erika Polman. Heb je haar gezien?

'Erika...' Hilde schudde bevestigend haar hoofd. Zeker, luitenant. Ik zag haar. Arme meid. Ze heeft nog minder leven over dan wij...

"Wat zeg jij?

'Wat huilde het arme ding... Nou, ik hoop dat ze geluk heeft. Je weet nooit waar de dood is. Kom, luitenant. Vergeet Erika en blijf bij mij. Ik jij...

"Al genoeg!" Hij sloeg haar ruw. "Waar is Erika Polman?

'Hij is vertrokken...' hij hikte en liet de fles vallen, die op de grond viel. "Hij verliet de bunker...

"Nee!" Karls ogen werden groot van afschuw.

'Ze... heeft orders ontvangen. Hij vertrok met een patrouille ... van de SS Hij was bestemd ... voor de militaire post ... van ... de bruggen van de Wannsee.

Razend, in ontbinding, verliet Karl de kamer. Hilde snikte, van Erika, van de klap of van haar gemorste cognac. De jonge officier doorkruiste verschillende kamers als een cycloon, totdat hij de kamer van de officier binnenging. Sommigen keken hem verbaasd aan.

"Wie heeft Erika Polman bevolen de bunker te verlaten naar de Wannsee-bruggen? schreeuwde Karl terwijl hij zichzelf in het midden van de kamer plaatste.

"Ik weet het niet" gromde - een kapitein, verrast ". Hé luitenant, wat is er gebeurd?

'Een meisje van de bunkerdienst is hier weggekomen. Het is naar een van de gevaarlijkste plekken in de stad gestuurd, precies waar Zukhov zonder enige twijfel met zijn tanks zal binnenkomen ...

'Daar weten we niets van, Karl. Hier geeft niemand meer opdrachten. Alleen de Führer ... en de SS natuurlijk. Het lijkt erop dat hij hen alleen vertrouwt, ondanks het verraad van Steiner en Himmler.

Karl zette zijn kaken op elkaar en begon de kamer te verlaten. Bij de deur trof hij iemand aan. Hem uitdagend, kwaadaardig aankijkend.

'Zoekt u iemand, luitenant Martin?' - Helmut Wagner sprak, zijn blonde, arrogante gezicht nu doorkruist door een lelijk litteken.

"Luitenant Wagner!" siste Karl Martin en balde zijn vuisten. " Wat weet jij over Erika Polman en haar huidige lot?

"Alles wat je wilt, vraag me" glimlachte de SS-officier. Ik heb haar daar gepost, luitenant. Nog meer vragen?

Karel stelde geen vragen. Hij ging rechtstreeks naar Wagner. Hij sloeg hem in de maag, een andere in zijn lever, en toen de SS-luitenant zich wanhopig wilde verdedigen, sloeg een vernietigende "haak" van Karl hem tegen de muur en van daaruit op de grond.

'Varken!. Vuile rat!' hijgde Martin, klaar om de straf uit te voeren, naar voren stappend, zijn vuisten geheven.

De loop van een automatische Luger hield hem tegen.

'Nog één stap, luitenant, en hij is dood. Laat luitenant Wagner met rust. En bereid je voor om de straf te ondergaan voor deze daad van geweld ...

Karl hief zijn gezicht op en staarde naar een SS-commandant-chef, wiens ogen, koud en hard als die van een reptiel, goddeloos op hem gericht waren,

'Laat hem, meneer...' Wagner hijgde, langzaam weer opbouwend, nog steeds niet overeind. Het was niets. Luitenant Martin is een dappere en sterke man, dat is alles. Daarom stel ik voor dat u, meneer, u samen met mij toewijst aan de SS-patrouille die over een uur naar de buitenwijken van Berlijn vertrekt.

'Toegegeven,' de lettergreep van de commandant met een ijskoude glimlach. Je hebt het gehoord, luitenant Martin. Dat is een bevel. Houd terug!

Karel deed het. Stijf staarde hij zijn meerdere aan. De SS-chef sprak scherp:

"Hij is gekozen om als officier mee te gaan met de SS-patrouille die de bunker zal verlaten met als missie alle deserterende jongens op te hangen die weigeren Berlijn te verdedigen. Onthoud voor jezelf, luitenant Martin, dat je onder direct bevel staat van luitenant Wagner en dat elke ongehoorzaamheid, insubordinatie of poging tot desertie van zijn kant dezelfde straf zal krijgen als die voorgeschreven voor de jongens van de hoofdstad: onmiddellijke ophanging.

6

Blijf rustig. Heel kalm, luitenant. Toch is niet alles verloren...

Karl Martin haalde diep adem en beheerste zichzelf. Hij knoopte ruw, bijna brutaal, de laatste knopen van zijn tuniek dicht, trok het harnas recht en pakte het machinepistool. Toen keek hij naar kolonel Fritz Wolkse.

'Ik probeer kalm te blijven, meneer,' zei hij langzaam. Maar ik denk dat er al veel verloren is gegaan. Misschien het leven van dat meisje, ter slachting gegooid door die hatelijke en gemene officier ...

'Ik raad hetzelfde nogmaals aan: sereniteit, luitenant Martin. Je bent een slimme en capabele jongen. Laat je niet meeslepen door je impulsen. U heeft een bestelling ontvangen. Je moet je er hoe dan ook aan houden. Hij is een soldaat en het land is in oorlog. Bovendien is het in een zeer ernstige ineenstorting, waaraan geen bewuste Duitser kan ontsnappen. We moeten allemaal vechten tot de dood of de overwinning.

'Zelfs de kinderen, meneer?

Wolkse boog grimmig het hoofd. Daar reageerde hij niet op. Toen betoogde hij:

'Voorlopig zijn het de SS'ers die het militaire commando voeren, zoon. De Führer vertrouwt hen alleen. Ik kan de ontvangen bestelling niet herroepen. Ga met die patrouille mee. En als je een jongen moet ophangen die weigert te vechten... bijt gewoon door. Of die mensen hangen jezelf op; onthoud dat geen enkele Duitser nu kan overlopen ...

'Ik herinner het me maar al te goed, meneer.' Karls pupillen vernauwden zich. "Bedankt voor alles. Bestel je iets?

'Ja,' glimlachte Wolkse en stak zijn hand uit. "Pas op. En dat je te allen tijde rust hebt.

'Ik zal proberen te gehoorzamen, meneer.

'Nou. Veel succes, jongen', ze schudden elkaar hartelijk de hand. Toen stond Karl op en salueerde militair. Toen sloop hij weg in de richting van het bunkerwachthuis.

Helmut Wagner stond al te wachten en vormde de patrouille van SS'ers, bewapend met machinepistolen. De twee mannen begroetten elkaar koeltjes. Karl stond naast een SS-korporaal, Wagner gaf de laatste instructies:

"Onze missie is om te patrouilleren in de straten en lanen van Berlijn die leiden naar de bruggen waar de Sovjets hun offensief zullen beginnen. We moeten voorkomen dat deserteurs onder zulke erbarmelijke en wanhopige omstandigheden met geweld worden gerekruteerd op uitdrukkelijk bevel van de Führer. Als iemand deserteert, wordt hij zonder proces opgehangen. Het is de bestelling. Als ze wegrennen, als ze niet stoppen bij de eerste "stop", schieten om te doden. Dat is alles. Aha, nog iets! "Zijn blik verhardde." Elk lid van onze patrouille dat weigert deze bevelen op te volgen of ze betwist, maakt zich ook schuldig aan desertie of rebellie en kan ter plaatse worden opgehangen of doodgeschoten. Laten we gaan. "Heil Hitler!"

"" Heil Hitler! "" Ze reageerden allemaal, alsof die eentonige stem, die al routine was, kon optillen wat afbrokkelde; om, kortom, van het Derde Rijk iets meer te maken dan het gedownloade spook dat het destijds was.

De SS-patrouille, onder bevel van Helmut Wagner en met Karl Martin als zijn ondergeschikte, vertrok.

Kort daarna verlieten ze de 'bunker' van de Kanselarij en gingen naar de hel van Berlijn ...

* * *

Een hel.

Nooit heeft een plaats de naam meer verdiend of zijn authentieke uitstraling en situatie beter weerspiegeld dan het Berlijn van die 23 april 1945, slechts twaalf uur nadat Karl Martin de gedwongen, bijna criminele afwezigheid van Erika Polman ontdekte.

Op de 23e begon het te dagen. Een vreemde, hallucinante, grauwe dageraad, tussen grijs en geelachtig, alsof rook en zwavel uit de hel zelf over de chaotische stad zweefden, bezaaid met vreugdevuren en zwarte rook die naar de hemel steeg. Een scherpe geur van dood, van bloed, van ruïnes en vernietiging steeg overal op, alsof de hele aarde begon te stinken met de misselijkmakende adem van verrotting.

Dat was Berlijn...

Het angstaanjagende Berlijn van enkele angstaanjagende historische data, waarin danteske bleke wezens, uitgemergeld en nerveus, door zijn puinhopen, door zijn lanen van puin, ruïnes en naakte, zwartgeblakerde muren bewogen met niets achter, behalve de huiveringwekkende leegte van hun huizen zonder muren , dak, muren of mensen; met die afschuwelijke opening van lege ogen die de ramen waren die uitkeken op de lucht zelf, grijs en bewolkt als de atmosfeer van de Duitse hoofdstad.

Van tijd tot tijd, onder de balken en het puin, verscheen een verslaafde hand, een griezelig gezicht badend in bloed, een uiteengereten lichaam, een versplinterd been, of een vormeloze massa menselijk vlees weggeblazen door granaten en bommen. Sommige vrouwen, heel en vastberaden, hielpen elkaar door lijken te halen of wanhopige gewonden te laden in de weinige ambulances die door de hoofdstad circuleerden. Ouderen en kinderen onder de tien jaar jammerden met hun vernietigde dierbaren of kwamen tot een hopeloze redding van hun zwaargewonde, misschien stervende lichamen.

Ja. Dat was Berlijn. Dat was de trotse hoofdstad van het Derde Rijk, belegerd door Russische troepen, die al furieus vochten aan de rand van de hoofdstad, op de bruggen die ernaartoe leidden ...

Karl, als onderdeel van de patrouille die door de straten zwierf in een legerbus, uitgerust met twee draaiende machinegeweren op zijn rug, zou die nachtmerrie-parade zien.

Het voertuig, bruingrijs geverfd, bewoog zich als een rups door hopen ruïnes, stadsstronken en lijken die op een rij stonden op enkele van de voormalige bouwstenen van de stad. Het was als een Danteske wandeling door de uiterste grenzen van Satans rijk.

Zal de dag van de Apocalyps erger zijn? vroeg Karl zich stilletjes af. En de SS'ers keken hem wezenloos aan, koud en afstandelijk, hermetisch in hun ijskoude fanatieke isolement, trouwe dienaren van iets dat soms instortte... nieuwe Saturnus die uw kinderen zal verslinden.

Ze passeerden een formatie gewapende soldaten. Karl staarde verbijsterd naar de grote capes en stalen helmen alsof ze aan een te gammele hanger hingen. Toen hij de groep achter zich liet, die de Führer met vurig gejuich begroette en met automatische machines zwaaide, realiseerde hij zich met afschuw dat het jonge mannen waren, echte kinderen die van school waren verscheurd, uit particuliere huizen. Kinderen naar het slachthuis...

Met de rug van zijn hand veegde hij het ijzige zweet van zijn voorhoofd. Hij hief zijn ogen naar de lucht, in de harde bewolkte ochtend. Zelfs het licht zag eruit als een vuil gordijn dat aan flarden uit de lucht hing. Alles was beangstigend, als vreemd voor deze wereld, voor mensen, met een minimum aan gezond verstand en gevoeligheid.

Die jongens gingen graag naar de slachtbank. Ze waren van de overtuigden, van degenen die vergiftigd waren door blinde doctrines, door bevelstemmen die veranderden in effecten van onmenselijke heerschappij.

Anderen, niet zo veel. Een nieuwe colonne jongens, bleek en aarzelend, passeerde hen. Luitenant Wagner moedigde hen vanuit de cockpit energiek aan:

'Vooruit, Duitse soldaten! Voor de triomf van het Derde Rijk! "Heil Hitler!"

"" Heil Hitler! " Victory! " Schreeuwden die arme pestkoppen van de grote farce.

En ze zwaaiden met hun armen, alsof ze een nieuw geloof in hun uiteindelijke overwinning hadden ingeprent. Karel was bang. Angst voor zichzelf, voor zijn volk, voor zijn volk. Als ze zo gemakkelijk ontvlamd zouden raken door een opwelling, wat zou Duitsland dan uit zijn moeras kunnen halen, uit zijn bijna machine-achtige gehoorzaamheid?

Een derde groep baardeloze soldaten, allemaal jonger dan vijftien, haastig gekleed en rennend in kleding die was gemaakt voor oudere en langere mannen, maakte een nog verschrikkelijkere indruk op hem.

Omdat die oprukten op bajonetpunt. Achter hun langzame, lusteloze en droevige rij duwden enkele soldaten en een SS-sergeant hen, met hun wapens in de aanslag, hen naar de loopgraven van de Berlijnse buitenwijken, net zoals een groep rammen naar de slachter wordt geduwd.

'Wat is er, sergeant, met die jongens? vroeg Wagner, terwijl hij zijn voertuig stopte.

"Ze wilden niet naar voren. Ze kwamen allemaal bij elkaar om hun wapens te laten vallen en als groep te deserteren. Ik denk dat het beter is om ze naar de loopgraven te brengen dan ze allemaal op te hangen, meneer.

'Oké, maar tolereer niet te veel. Als ze iets opnieuw proberen, schiet ze dan weg. Duitsland heeft geen deserteurs nodig, maar soldaten om ervoor te sterven.

De militaire auto reed verder en liet de zielige, bange kinderen achter. Een vreemde, kille haat voor alles om hem heen werd sterker en sterker in de geest van Karl Martin. Hij sloot zijn ogen, stuiptrekkend, terwijl hij een pad overstak waar verschillende lichamen aan de bomen hingen. Het waren allemaal jongens, bijna kinderen, opgehangen door de SS. Met zwarte verf was op de grond geschreven:

Deserteurs uit Duitsland. Verdedig je land en je zult niet onwaardig sterven! "

Hij beheerste zich om niet te braken. Dit was te veel. Je hoefde niet naar de arme opgehangen kinderen te kijken om ze aan de touwen te zien slingeren, vermoord om de enige misdaad dat ze banger waren voor een geweer of een machinegeweer dan voor schoolboeken of mams uitbrander.

"Kijk uit!" Iemand schreeuwde. " Russische vliegtuigen ...!

De auto stopte. Ze renden allemaal uit hem weg. Karl bleef ook niet. In de grijze mist van de dageraad, door slierten wolken, ontsproten Sovjet-bommenwerpers, geëscorteerd door snelle jagers die al naar de grond raasden en het vuur openden met machinegeweren vanuit hun vleugels. Ze waren bedekt met sprankelende oranje spetters en de asfaltgrond, op veel plaatsen gescheurd en gebarsten, van de Berlijnse stoep begon te koken.

Karl en zijn metgezellen van de SS wierpen zich wanhopig naar de ene en de andere kant, terwijl ze het luchtmachinegeweer van het Russische vliegtuig ontweken. Andere vliegtuigen waren de buurt al aan het bombarderen, waarbij lawines van stenen en verwrongen ijzer ontstonden, tussen kolommen van vuur en rook, waar hun zware projectielen vielen.

Op de grond geklemd, tussen het puin, stond Karl stil, voelde de grond om hem heen trillen, zich realiserend dat de lucht allemaal zuur rook en dat de atmosfeer om hem heen bijna onadembaar werd van puur dicht en lood.

Een van de Russische vliegtuigen vloog laag over de plaats waar de jonge luitenant gehurkt zat. Hij voelde het gebrom van de motor die alles op zijn pad schudde, ruïnes, muren, lichamen trillend. Het geratel van de machinegeweren spleet zijn trommelvliezen, zo dichtbij waren de schoten.

Het apparaat werd opgeheven terwijl de stenen rond Karl stuiterden of sprongen, verpulverd, terwijl ze de projectielen ontvingen. Hij bleef stil, aan de grond gekluisterd, zonder te zoeken naar een lek dat fataal kon zijn.

Twee van de soldaten, leden van de SS, waren op het allerhoogste moment niet zo sereen als Karl en ze sprongen uit hun schuilplaatsen, zigzaggend over de weg rennend om de nabijheid van de inslagen te vermijden. Ondanks dat ze van de efficiënte en capabele Select Guard waren, konden ze de stress niet verdragen. En dat verloor ze.

Een tweede vijandelijke jager zat al achter de vorige en veegde de straten met zijn knetterende mitrailleurstoten. Hun vlammende strepen haalden duidelijk de geüniformeerde lichamen in die worstelden om een betere schuilplaats tussen het puin te vinden.

Ze zwaaiden en sprongen als watjes midden op straat. Ongearticuleerd vielen ze, bedekt met bloed, bijna onherkenbaar, terwijl het gebrul van de vijandelijke jagers opnieuw verloor en opsteeg in de ochtendmist. De twee SS'ers bleven op de weg en het bloed stroomde in strepen naar de riolen...

Toen viel er een lange, lange stilte. Een stilte die alleen werd verbroken door de wegrijdende motoren, door het instorten van muren, van onveilig puin. Karl stond langzaam op en keek in een pijnlijke verdoving om zich heen.

Sommige balken brandden. De SS-patrouillewagen was gestript, een vlammende massa verwrongen ijzer in het midden van de weg, niet ver van waar de twee soldaten werden neergeschoten.

Geen van beiden naderde de auto. In de verte groepeerden ze zich langzaam op een puinhoop. Het duurde niet lang voordat het brandstofdepot ontplofte en de verlaten laan bezaaid met verzengende scherven ijzer.

"We gaan te voet verder naar de bruggen"zei Helmut Wagner koeltjes.

'Dat wordt een hel', merkte Karl op.

'En dat? Bent u bang, luitenant Martin?

"Niet voor mij. Niet voor u, luitenant Wagner. Ik vrees voor anderen. Hij heeft er twee zien sterven. Vele anderen zullen vallen als we ons daar wagen,

"We gaan, ondanks alles. We moeten oppassen dat er geen deserteurs zijn. En we zullen het goed in de gaten houden, zeker weten. Nog andere bezwaren?

"Nee, geen" zuchtte Karl- ". Geen, meneer ...

Hij salueerde en stond in de houding. Wagner, die insubordinatie verwachtte, leek teleurgesteld. Hij reageerde gewoon met tegenzin op de begroeting en richtte zijn machinepistool op de weg:

"Ga je gang! Geen tijd meer te verliezen ... De SS-patrouille bestond nu uit Wagner, Karl Martin, de SS-korporaal en slechts vier mannen uit hun oorspronkelijke groep van zes. De zeven mannen trokken door dat apocalyptische doolhof van ruïnes en rook , van vlammen en bloed, naar de buitenwijken van Berlijn, naar de bruggen van de Wannsee.

Het was een dom en krankzinnig verlangen om te straffen, om een onmogelijke discipline te handhaven, gebaseerd op bloed en dood onder de jeugdige bevolking van Berlijn. Maar er was niets dat Karl Martin kon doen om het te voorkomen. Helemaal niets. Gewoon gehoorzamen, bevelen opvolgen van een gelijke van hem die hem haatte en die nu het bevel voerde. Anders zou ook hij het slachtoffer worden van de harde, felle repressie van de Hitler-SS.

7

De explosie veroorzaakte aardverschuivingen van aarde en stenen.

Karl had net genoeg tijd om op de grond te vallen. Voor hem ontplofte een ware hel van granaten, van Russische zware artilleriegranaten, geplaatst in batterij voor de wanhopige Berlijnse verdedigingswerken, en die sloegen met meedogenloze wreedheid straten en gebouwen, vestingwerken en loopgraven, borstweringen van zandzakken of greppels die opengeslagen werden. hoogtepunt op de gespannen vooravond van het beleg van Berlijn.

Zonder zich te bewegen, ineengedoken in het puin, liet Karl het uitzinnige salvo passeren, waarna er een korte stilte viel, onmiddellijk onderbroken door het geratel van machinegeweren op sommige plaatsen, en het onverbiddelijke "klank, rinkel, rinkel, rinkel" van de zware tanks Sovjet-jagers, bewegend over bruggen, over voorstedelijke wegen, in een gigantische tang-en-penetratiebeweging rond en door Berlijn.

De Wannsee lag al voor hen, met zijn bruggen bewaakt door groepen jongens, jonge mannen in mitrailleurnesten, gewapend met machinegeweren en geweren, met handgranaten of eenvoudige pistolen, tegen de geweldige Russische invasiemachine.

Daar lagen lijken in stapels. Je kon de bruinachtige massa's geüniformeerde mannen zien, op elkaar gegooid, als afval. Het waren niet lang daarvoor mensen geweest, sterke jonge mensen, vol leven. Het verbijsterende bloedvergieten van Berlijn ging door temidden van die Danteske symfonie van vuurwapens, instortingen, rook en vuur, bloed en pijn.

Karl kwam overeind, zijn machinepistool in de aanslag, zigzaggend door het puin. Als ontdekt door een Russische schutter, zou een enkele treffer genoeg zijn om hem aan stukken te blazen, samen met de grond waarop hij zich bevond. Ze verwachtte hem van het ene moment op het andere, bijna al voelend de scheurende beet van granaatscherven in haar lichaam, zo was de fysieke sensatie van de nabijheid van het onvermijdelijke in die chaos van gevoed vuur, van onverbiddelijke vernietiging.

Hij wist zich op tijd achter een stapel lijken te werpen en drukte zijn gezicht tegen de bruine, bebloede stof van een soldatencape. Geglazuurde en onbeweeglijke ogen leken op hem gericht vanuit een verscheurd gezicht, vormloos liet hij zijn stalen helm zakken, als het spook van de Apocalyps dat de oorlog symboliseert, op de rug van zijn helse rijdier ...

In de hoek verscheen een zware tank met de rode ster op zijn torentje. Zijn loop draaide, oscilleerde en zocht als een verwoestend oog naar het spoor van een levend wezen. Als de schutter Karl zou zien, zou de menselijke brandstapel uit elkaar spatten, ook hij.

Er waren momenten van spanning, van angst. De Russische gevechtstank kwam in beweging en naderde hem, langzaam en onverbiddelijk:

"Clank-clank-clank-clankkkk ..."

Verpletterend, krijsend, als een stalen monster dat alles zou kunnen overweldigen...

Het kwam al de weg af en verpletterde lichamen en puin onder zijn gewicht. Hij zou gemakkelijk over de brandstapel van de doden klimmen, terwijl hij erin knijpte. Hij kwam recht op haar af. Karl maakte zijn machinepistool klaar om te sterven terwijl hij iets effectiefs probeerde te doen, waarvan hij voelde dat het nutteloos was ...

Hij kwam niet onder de bescherming van de lijken uit. Een afschuwelijke explosie, een zeer gewelddadige flare ... en de Russische tank, getroffen door een voorzienige Duitse granaat, verpulverd in duizend vlammende, verwrongen fragmenten, en verspreidde zich overal de afgehakte lichamen van de mannen die hem bezetten ...

Wagner kwam uit een andere schuilplaats en maakte sterke aanwijzingen voor iedereen om te volgen. Karl deed dat en cirkelde rond de brandstapel van dode soldaten. Meer uit dringende behoefte dan uit een geest van gehoorzaamheid. Dit gebied was gevaarlijk. Het duurde niet lang of er zouden verschillende tanks naar het centrum van Berlijn gaan. Het was duidelijk dat een van de punten van de heldhaftige en wanhopige verdediging van de stad had toegegeven aan haar weerstand, waardoor er een opening openstond voor de indringer.

Het onvermijdelijke begon neer te slaan, zoals Karl zich altijd had voorgesteld.

Door de ontmoeting met Wagner was de groep weer gekrompen. Het waren er nu nog maar vijf: hij, Wagner en drie soldaten. De vierde soldaat en korporaal waren geraakt door de tank die kort daarvoor was ontploft. Ze zouden niet meer bewegen.

"En nu ¿waar, luitenant Wagner? 'Karl was woedend en staarde naar zijn strijdmakker. Wil je dat we allemaal stompzinnig worden vermoord, zonder enig praktisch doel?

'U mag omkeren, luitenant,' siste Helmut Wagner, terwijl hij de woorden afsneed en zijn machinepistool ophief, dat op Karl gericht was. Kom op, doe het als je wilt...

"Het is wat je zou willen, me van achteren vermoorden," antwoordde Martin. Ik ga met je door tot de hel zelf ..., als we er niet al in zitten,

'Heel goed, luitenant Martin. En onthoud dit: hoewel gelijk in rang, heb 'ik' hier het bevel. Vooruit!...

Ze liepen door vuren, rook en wolken van scherp stof, ruikend naar vers bloed, dood en verbrand vlees. Het stroperige zweet doorweekte het zwartgeblakerde gezicht van luitenant Martin.

Voor hen stortte een ander gebouw in, getroffen door een Russisch salvo. Er klonken geschreeuw, zielige stemmen van pijn. Wagners soldaten trokken er snel heen.

Ze omsingelden het brandende gebouw, de muren brokkelden af, gebarsten door het geweervuur. Karl beefde van afschuw.

Een mitrailleurnest daar domineerde de toegangen tot een van de bruggen over de Wannsee vanwege de verhoogde ligging van de locatie.

Alleen het nest was ongetwijfeld het doelwit van de vijand geweest. Een perfect geslaagd doelwit...

Bloed, dode en verbrijzelde wapens lagen op een verkreukelde massa zandzakken, kasseien en prikkeldraad. De bedienden van dat mitrailleurnest... waren kinderen geweest. Geen van hen bereikte zestien ...

Met afgrijzen telde Karl tot een twintigtal inerte lichamen, opgeblazen door de explosiegolf of getroffen door granaatscherven.

" Hallo daar! Wagners stem riep hees. Er ontsnapt iemand! Vang hem!

Hij wees naar een punt in de dikke rook. Een wazige figuur ging verloren in het puin. Twee van de soldaten renden achter haar aan en schoten met hun machinepistolen de lucht in. Vervolgens bestelden ze energetisch:

"Hoog! Stop, of we schieten om te doden! ...

Karl wachtte stijfjes. In die sector kon je amper vier of vijf meter ver kijken. De rook van de explosies en het stof van het puin vormden een ondoordringbare en stinkende vuile mist die alles verwarde en vertroebelde. Niet ver van hem leek Helmut Wagner hem zijdelings te bekijken, wachtend tot hij zelf de desertie zou proberen, aangespoord door angst.

Karl bewoog echter niet. Hij was ook niet bang. Gewoon walging, afschuw, walging voor veel dingen. Hij wilde niet eens naar de gezichten van de jongens kijken, gepropt in wat een nest machinegeweren was.

De soldaten keerden terug. Tussen hen, gedomineerd door hun machinepistolen... nog een kind. Zo jong als degenen die daar lagen, misschien nog jonger. Karl Martin schatte hem op dertien jaar. Ik huilde; zijn wang was opengesneden, zijn kleren waren zwart en bespat met bloed, zijn ogen wijd opengesperd van angst. Hij droeg een uniform van de Hitlerjugend.

"Hij was een deserteur", meldde een SS-soldaat. Hij was van plan te ontsnappen en had zelfs zijn geweer laten vallen.

'Echt waar? Zo verlaten, kleintje? vroeg Wagner koeltjes.

'Ik..., ik... ben bang...' snikte de kleine jongen. Huilend schudde haar kleine lijfje, kil en bevend. Hij wees met zielige eenvoud naar de sloot vol doden. Een van hen... is mijn broer! Mijn broer Geert! Is dood!

"Het maakt niet uit. Het stelt je ook niet vrij van je fouten. "Wagner gesneden, hermetisch." Je bent een deserteur. Kent u de straf die de Führer oplegt aan elke deserteur van elke leeftijd?

De jongen, zijn gezichtje veranderd in een stuiptrekkend masker van angst en smart, snikte zonder te antwoorden. Ze keek hem smekend aan en eiste een beetje begrip.

'Dood, jongen,' zei Wagner. "Er kan geen vergeving zijn. Je wordt opgehangen.

"Nee!" Hij gilde, huiverend. Oh nee nee! Vergiffenis! Genade, meneer, genade ...!

"Er is geen genade voor deserteurs. Daar zie ik een straatlantaarn staan. Zal dienen. Kom op, bereid de executie voor.

Karl Martin stapte woedend naar voren.

'Luitenant Wagner, u meent het toch niet?

'Luitenant Martin, de wet is voor iedereen hetzelfde,' viel Wagner zuur in de rede, die er meteen aan toevoegde, terwijl hij zijn ogen vernauwde met een ijskoude, boosaardige uitdrukking: 'Jij krijgt de leiding.' Luitenant Martin, hang die kleine deserteur op!

* * *

Alle ogen waren op hem gericht. De kwaadaardige, wrede, door Helmut Wagner. Die van de drie overlevende SS'ers van de repressiepatrouille. En die van het kind. Vooral dat van het kind...

Er viel een stilte, een verschrikkelijke pauze, vol onheilspellende spanning.

"Kom op, waar wacht je nog op?" - drong Wagner scherp aan.' 'Het is een bevel,' luitenant.

Karl stond op, heel kalm, heel koud. Vreemd koud zelfs.

"Ik weiger te voldoen", antwoordde hij.

De nieuwe stilte was als die van een storm voordat hij losbarstte. Elektriciteit leek door de aderen van hen allemaal te lopen, op zeer hoge spanning.

"Wat zei hij?" Wagner siste. Herhaal dat, Maarten.

'Ik ga de jongen niet ophangen. Ik weiger te gehoorzamen, luitenant Wagner.

'Voor de laatste keer heb ik de jongen gewurgd. De Führer heeft het zo geregeld, bent u dat vergeten?

'Ik vergeet niets. Maar ik vermoord geen kinderen, luitenant.

'Dit is... dit is rebellie.

"Ja.

'Luitenant Martin, ik moet 'u ook' executeren als u weigert te gehoorzamen.

"Ik weet het al.

Zijn koude bloed verbijsterde zelfs de SS-soldaten. Wagner leek stralend, maar ook geschokt door zijn bewuste zelfmoord. De gevangen jongen had geen ruimte voor verbazing.

'Heel goed,' besloot Wagner met een diepe zucht. "Laat je geweer vallen en hef je armen op. Ik moet hem ophangen, volgens het bevel van "mein" Führer. Hij heeft niet eens de eer van de executie.

"En daar word je blij van. Ga je gang, Wagner - 'hij liet zijn machinepistool vallen. Langzaam hief hij zijn armen op. "Een betere wraak kun je niet dromen, toch?

Wagner glimlachte ijzig, zonder commentaar. De soldaten van zijn kleine patrouille bereidden zich voor om te gehoorzamen, in overeenstemming met Hitlers fatale bepalingen in dit opzicht: de galg voor hen beiden, in een wonderbaarlijk onbeschadigde lamp voor zover het zijn paal betrof, gebeten door granaatscherven, hoewel niet zijn lamp, gebroken en gehavend.

'Gaat u... gaat u voor mij sterven, meneer? 'Mompelde de jongen van de Hitlerjugend, Karls arm angstaanjagend, nog steeds vol ontzag voor wat er was gebeurd.' Waarom?...

'Omdat er nog steeds mensen op de wereld zijn, jongen,' sprak Karl hees. Dat begrijp je misschien niet. Je kunt het zeker niet begrijpen na de leerstellingen die in je hoofd zijn gezet. Je hebt alleen instinctief gereageerd, als een kind dat je bent, om je broer dood te zien. Als ze je ook hadden geleerd ... om van je medemensen te houden ... dan zou je het begrijpen. Het zijn dingen die gedaan worden omdat men niet in staat zou zijn iets anders te doen. En als het moet, sterft hij ervoor, ja.

'Genoeg van het gepraat,' viel Wagner in. 'Kom op, Karl Martin, jij zult de eerste zijn die de straf van de galg zal ondergaan.

Karl stapte doelbewust in de richting van de lantaarn. Ze hadden het touw er al doorheen gehaald. Binnen een paar seconden zouden ze brute gerechtigheid vervullen. Luitenant Martin leek niet bang. Hij glimlachte toen ze het touw om zijn nek deden.

'Ik hoop dat we elkaar snel zullen zien, Wagner,' zei hij. Alleen jij en al degenen die Duitsland tot zinken hebben gebracht, zullen een duizend keer ergere dood ondergaan. Ik sterf gelukkig voor mijn land. Voor een beter Duitsland. Maar niet voor het Reich, niet voor Hitler, niet voor al deze verdomde nazi-gekte.

"Al genoeg!" Wagner siste, zijn ogen fonkelden. "Nu is de verrader onthuld, de vijand van het Reich. Goede reis naar de hel, Karl Martin!

Maakte een gebaar. De soldaten van de SS bereidden zich voor om het touw te hijsen, Karl opgehangen zoals elke deserteur of opruier aan het Reich werd opgehangen op die angstaanjagende momenten voor het stervende III Reich ...

8

Al op de drempel van de dood stelde Karl zichzelf een vraag:

"Wat is er met dat meisje gebeurd, Erika? ...

Y op het hoogste moment, in de trance tussen leven en eeuwigheid, hij wist waarom hij haar had verdedigd, waarom hij zoveel om haar gaf, waarom hij gretig door Dantesque Berlin zocht naar het minste spoor van haar, een hoopvol teken dat hem vertelde dat nog steeds Roszy's nicht leefde nog.

Hij wist dat hij zich tot haar aangetrokken voelde. En dat die aantrekkingskracht misschien liefde was. Iets wat hij voor geen enkele vrouw voelde. Zelfs niet voor arme Roszy, die slechts een idylle van het moment was, een avontuur in de onzekere chaos van oorlog ...

Dit was anders. Ja, het kan... liefde zijn. En ben er nu achter gekomen. Toen het voor alles te laat was. Zelfs om Erika te zoeken, om te proberen haar uit die hel te redden.

"Handhaving van de wet!" Hij hoorde Helmut Warner zeggen. De SS'ers verplaatsten het touw en begonnen hun taak ...

Toen werd alles gewist, midden in een ijzingwekkende lawine van toen, rook, stof, vuil en stenen, granaatscherven en bloed...

* * *

De meest angstaanjagende en ongelooflijke verwarring overspoelde alles en projecteerde Karl in een wereld waarin alles een liefdesaffaire leek, ongeloofwaardig en flagrant.

Het kostte hem hele seconden om te weten wat er was gebeurd, om tussen lawines van steen te bewegen en de geslagen zwarte ijzeren cilinder van de lantaarn, los en gescheurd, van zijn zijde weg te duwen.

Toen hij zichzelf weer opbouwde, verblind door stof en rook, hoestend, met een scherpe smaak in zijn keel, ging hij langzaam rechtop zitten, wetende dat hij gewond was, dat hij ergens in zijn lichaam

84

bloedde, en dat al die chaos niets anders was dan de uitbarsting. van een artilleriegranaat, niet ver van waar de hangende lantaarn stond.

Een granaat die alles had doen omvallen, zelfs Karls geïmproviseerde galg en de jonge deserteur...

Hij schudde zijn hoofd, verbijsterd. Hij legde beide handen voor zijn gezicht. Hij verwijderde een van hen gedrenkt in iets heet, stroperig, dat langs zijn wang en wenkbrauw liep, afkomstig van een punt op zijn hoofd, waar wat puin hem bereikte.

Hij slaagde erin volledig overeind te komen en gooide stenen en puin omver. Zijn benen reageerden, bewogen gemakkelijk, een beetje pijnlijk van de impact van net zoveel botte voorwerpen als ze kort daarvoor hadden ontvangen. De armen leken ook intact.

Hij was nog steeds volledig doof, alsof zijn trommelvliezen waren opengereten. Het gebrul van de explosie was te verschrikkelijk voor hem om nu enig geluid op te vangen.

Hij deed een paar stappen, leunde tegen een stuk muur, voelde iets wat hij niet kon zien door het dichte stof en de grijze rook. Er kleeft iets aan de muur. Ze trok hem naar zich toe en trok hem dicht tegen haar ogen aan.

Hij liet het los met een holle kreet, vol afschuw.

Het was een hand. Een hand rukte zijn wortels eraf, bloederig en verschrikkelijk, nog steeds, met de manchet van een bruin uniform, met het embleem van de SS ...

Die hand was tegen de muur gebotst toen de eigenaar openbarstte, en hij was als een limpet aan de muur blijven plakken. Iets gruwelijks...

Het was zeker geen officiersmouw, maar die van een soldaat. Iemand die minder geluk heeft dan hij, van de kleine patrouille.

De rook was al aan het verdrijven, het stof was gaan liggen, waardoor het zicht enigszins werd verhelderd. Hoestend, met tranen in zijn ogen en een ervan ook verblind door het bloed uit zijn spleet in zijn hoofdhuid, verschoof Karl Martin en probeerde om hem heen te kijken.

Hij ontdekte vrijwel onmiddellijk nieuwe verschrikkingen: fragmenten van soldatenuniformen, stalen helmen, hersenmassa die op de grond spetterde, bloed als in een slachthuis, armen en benen van drie mannen...

Geen enkele van de soldaten bleef in leven. Misschien had hij het wonder te danken aan het feit dat het metaal van de lantaarn zijn lichaam beschermde tegen directe stoten en hem wierp waar de granaatscherven hem niet hadden geraakt.

Een of ander wonder, dacht Karl Martin onhandig, terwijl hij probeerde door de rook heen te kijken.

Meer vuren die het gebied bespatten, duidden op de inslagen van vijandelijke granaten op Berlijn. Het vuur werd heviger, verwoestender. De hele stad was een immens vreugdevuur of een kerkhof van ruïnes, en Zukhov's beslissing leek te zijn om eindelijk een verwoeste stad binnen te gaan, gereduceerd tot niets.

Karl deed nog een paar stappen uit het puin, de verlaten, vuile, oneffen weg op. Hij begon te zoeken naar een intact wapen om verder te gaan, nu alleen, door het chaotische Berlijn, toen de stem hem tegenhield:

"Verdomme ... om ..., Martin ...

Karl draaide zich om toen hij die stem herkende. Daarna sprong hij zijwaarts, keurig op tijd.

Helmut Wagner schoot het schot met zijn machete, die bij Karl weg floot en op het gebarsten asfalt belandde. Wagner, geconfronteerd met zijn mislukking, snelde naar Martin toe, legde zijn hand op zijn holster, om het vuurwapen dat hij nog had eruit te halen.

Hoewel zijn uniform zwart en gescheurd was en zijn gezicht en handen onder de schrammen zaten, was ook Wagner ongedeerd uit de explosie gekomen. Karl wist dat zijn leven, dat net daarvoor op wonderbaarlijke wijze was gered, nu net zo weinig waard was als toen. Als Wagner naar zijn "Luger" reikte, kon het schot hem op geen enkele manier ontgaan.

Vastbesloten om alles te doen, ging Karl snel vooruit, in een aarzelende maar duizelingwekkende race, op zijn vijand, Wagner, zijn bedoelingen radend, stopte in zijn sporen in plaats van stap voor stap verder te gaan.

Hij zag hoe hij zijn holster losmaakte, de Luger begon te verwijderen, hem snel naar zich toe optilde...

Toen stortte Karl zich in een wanhopige duik, nog ver van zijn vijand verwijderd.

De Luger schoot. Een droge dreun in de lucht beladen met de geur van explosieven en ruïnes Karl landde heftig op Wagners benen, in een laatste ruk aan zijn armen, greep de enkels van de SS-officier en trok hem met geweld.

Wagner rolde op de grond en Karl greep hem snel vast, fel vechtend en de gewapende pols met een ijzeren hand vastgrijpend. In die onbeweeglijkheid van Helmut Wagners rechterhand was de sleutel tot alles. Als hij daarin faalde, was hij verloren.

De twee mannen worstelden, sloegen elkaar met knieën, ellebogen, hoofd en voeten, verwikkeld in een virulent duel waarin de een of de ander zou sterven, want Karl was al de wanhopige man die alleen het recht op leven kon krijgen door het elimineren van zijn landgenoot.

De strijd werd hevig, stuiptrekkend. Haat trok de trekken van Wagner en wanhoopte die van Karl, terwijl zijn spieren zoveel mogelijk energie stopten in de ruwe, felle aanval,

Tweemaal wees de "Luger" bijna naar de mond van Karl. En twee keer slaagde de jonge luitenant van de "Panzer 21" erin de gevaarlijke dreiging van zich af te schudden door de gewapende hand met vasthoudende energie af te weren. Hij deed zijn best om hem het wapen te laten vallen, maar Wagners vingers waren als stalen haken in de tegenovergestelde poging.

De SS-officier merkte zijn hoofdwond op en wist er bij de eerste gelegenheid een enorme kopstoot aan te verbinden. Wagner had zelfs meer geluk gehad dan Karl bij de ontploffing, en zijn verwondingen waren kleine schrammen, geen lange, diepe snee zoals die van Martin. De nu kopstoot schudde Karl van ondraaglijke pijn en verergerde het bloeden, waardoor Karl volledig verblind werd. Verbijsterd gaf hij toe aan zijn druk.

Tijdig, al in afwachting van de vrucht van zijn actie, stond Wagner iets op en slaagde erin de positie van beide lichamen volledig om te draaien. Karl was nu onder hem. Het was voldoende om hem krachtig te schudden, zodat het hoofd van de luitenant van de "Panzer" -divisie een harde klap in de nek kreeg met de rand van een puin. Hij stond verbijsterd, wanhopig worstelend met de plotselinge onhandigheid die over hem heen spoelde, en de slapheid die zijn spieren en zenuwen greep.

Met een triomfantelijke lach richtte Wagner zich op, zijn gewapende hand vrij. Hij liet hem zakken en richtte met zijn 'Luger' rechtstreeks op Karls hoofd.

"Verraderlijke hond, sterf!" De lettergreep van de SS-officier

Karl roerde zich in nutteloze gretigheid. Ik ging sterven. Nu leek het alsof niets hem meer kon redden. Er was eens een wonder. Een tweede granaat zou hem niet meer uit de duisternis van de dood halen...

De ontploffing schudde zijn trommelvliezen, doorboorde zijn hersenen, alsof hij samen met een projectiel boorde, op zoek naar zijn hersenmassa. Toen, als een echo, volgden meer ontploffingen, nog veel meer ...

* * *

Helmut Wagner's lichaam, in stukken geschoten, veranderde plotseling in een vorm die door projectielen leek te zijn doorgesneden, in een lange rode, bloedende streep, ter hoogte van zijn heupen, begon te oscilleren, borrelend bloed tussen zijn vergrote, glazige, ongelovige lippen . de ogen voor de dood die hij voor zijn tegenstander had geregeld en die, op onverklaarbare wijze, hem nu voedden ...

Hij had nog steeds de kracht, de energie, om met een wazige blik te zoeken naar de oorsprong van die ratelende reeks kogels die op hem neerkwam. En hij ontdekte de schutter, het personage dat op het laatste moment het leven van Karl Martin had gered.

"Mal ... di ... naar! ..." hijgde de SS-officier, langzaam afbrokkelend, niet eens in staat om de trekker van zijn wapen over te halen, zijn blik gefixeerd, nauwelijks de aardse vormen zien, in de gekrompen, kleine figuur het kind dat op het punt stond te sterven door ophanging. De kindsoldaat, veroordeeld als deserteur, de adolescent dood van angst, van angst, van onbegrip voor die opeenstapeling van verschrikkingen die hij had moeten doorstaan...

Karl staarde ook naar de kleine vechter. Hij ontdekte zijn kleine lichaam, gevangen onder de ijzeren balken en het puin van het gebouw dat door de granaat was geveld, zijn benen doorgesneden, zijn lichaam bloedend, zijn leeftijd bleek, maar levendig en helder, zijn kinderogen enorm open voor de gruwel die zijn handen hadden net gedaan. plegen.

"Bedankt, kleintje..." fluisterde Karl, terwijl de laatste spasmen Wagner al immobiliseerden. "Bedankt voor alles. Nu ga ik je daar weghalen.

'Niet inspannen' schudde de jongen zijn hoofd en trok Karls machinepistool, degene die hij kort daarvoor had meegenomen, van de plaats waar hij lag, om het leeg te maken tegen de SS-officier...' Er is geen oplossing, luitenant... Ik denk... ik denk dat ik doodga.

'Praat niet zo, jongen. Je komt er levend uit. En niemand zal je straffen omdat je bang bent. Het is... zo menselijk om bang te zijn. Vooral op jouw leeftijd.

"Het is grappig, luitenant. Maar ik ben niet langer bang. Niet meer... "haar magere gezichtje glimlachte lief", Nu ik ga sterven, vrees niets. Ik was ook niet bang om je te redden door die verschrikkelijke neer te schieten. man, geloof me niet... een verrader, of een... lafaard.

'Natuurlijk niet, zoon. Niemand heeft dat van je gedacht. Alleen die gekken die de beste Duitse jeugd naar het slachthuis leiden 'kwam hij langzaam op, herstellende van zijn roes, naar de jongen aan wie hij uiteindelijk zijn leven te danken had. En voor degene die wist dat hij niets meer kon doen". Duitsland ben jij, ik ben het ... ze zijn allemaal degenen die weten hoe ze onderscheid kunnen maken tussen een waardige strijd en liefde voor het vaderland, en die egoïstische en woeste waanzin van een handvol losgeslagen maniakken. Op een dag zal er een beter Duitsland zijn ... en dat zijn ze verplicht aan jongens zoals jij, aan degenen die alleen bang zijn voor wat ze niet begrijpen of voelen ... Veel mannen voelen hetzelfde, zoon. Wij zijn normale wezens, zij die vrede willen, een betere wereld, hetzelfde voor iedereen...

Eelt. Het was niet de moeite waard om verder te praten. De jongen had zijn hoofd achterover gegooid. Het rustte op het puin, bleek en inert. Toen hij stierf, stond er een glimlach op zijn gezicht. Misschien het enige licht van geluk en hoop dat hij in vele jaren had gekend, en het moest juist op dat moment komen.

'God vergeef ons,' mompelde Karl geschokt, 'God vergeef ons allemaal...

Hij liep langzaam weg, tussen puin en stenen, tussen ruïnes en kraters, nadat hij de ogen van de jongen had gesloten en zijn machinepistool had opgehaald. Nu was hij alleen. Alleen in verschroeide aarde, in terrein dat de vijand spoedig zou betreden.

Maar hij vluchtte niet, hij vertrok niet van daar. In plaats daarvan droegen zijn voetstappen hem vooruit, naar de loopgraven en de felle, hevige gevechten, naar de wolken van stof en rook van explosies. Op weg naar de bruggen over de Wannsee.

Er was nog iets. Iets om voor te vechten in Berlijn, dat schokkende en stervende Berlijn.

Er was Erika. Dood of levend, hij wilde haar ergens vinden, waar ze ook was.

Al het andere deed er niet meer toe voor hem, absoluut alles. Zelfs zijn eigen leven...

9

Het knetteren van de wapens was als een uitbarsting, een hevige uitslag die hier en daar opdook, in de verscheurde stad, in een vervallen hoek of in een verlaten straat bezaaid met de doden aan beide kanten.

Daarna eindigde het altijd op dezelfde manier: zware, massieve tanks, die door de straten trokken en de zwakke nazi-verdediging overweldigden. En de Russische tanks trokken nog een paar meter verder, misschien een kilometer de stad in, op zoek naar de definitieve capitulatie van Berlijn.

Naar bloed en dan. Leven door leven. Zo verdedigden de Duitsers hun hoofdstad. Ze vielen meedogenloos voor de gepantserde colonnes van Zukhov. Maar ze stierven na een hevig verzet dat de dagen verlengde, waardoor de periode die de geallieerden zichzelf toekenden om de hoofdstad van het Reich te bezetten als rubber leek.

Ze hadden gedacht dat op de 25e de Führerkanselarij al zou worden bereikt. Maar op de 26e, in de schemering, waren de Russische tanks nog ver weg. Zelfs de Amerikanen vochten woedend aan de andere kant van Berlijn, aan de westkant, tegen de geest van een handvol heldhaftige verdedigers die elke centimeter land duur lieten betalen.

Zo ging de strijd door en het onvermijdelijke einde verlengde, het leed voortdurend uitstel, wat de offensieve virulentie van de Russen en Anglo-Amerikanen verhoogde, in hun gezamenlijke poging om in de laatste aanval het hart van Berlijn te bereiken.

Zo kon een man, een geest tussen die ruïnes, een soldaat die zijn machinepistool niet vergat en die het altijd wist te gebruiken tegen de aanvallers in de stad, als gewoon een andere Berlijner, blijven zoeken, altijd zoekend, naar een vrouw die helemaal weg leek te zijn...

Die man was Panzer 21 Division luitenant Karl Martin. Die vrouw, Erika Polman, van de hulpdiensten van de Führerskanselarij.

***

Het wapen spuwde vuur in een snelle, indrukwekkende explosie, in een knetterende explosie die de steile en kronkelende verwoeste straat deed schudden.

De patrouille van Russische soldaten werd een enorme zeef van lichamen, en ze rolden over het asfalt en spetterden het met bloed. Het wapen van de eenzame Duitse strijder rookte, nadat de formidabele golf van projectielen die op de vijandelijke soldaten werd gelanceerd, in die verlaten sector van Berlijn was geïnfiltreerd.

De schutter veegde met de rug van zijn hand over zijn gezicht en veegde het zweet weg. Zijn ogen speurden de straat af en zagen het minste teken van nieuwe vijanden. Midden op straat stond het Duitse voertuig met het hakenkruis, waarvan de inzittenden echter Sovjet waren. Misschien hebben de Russische soldaten een Duitse patrouille gevonden, deze gedecimeerd en vervolgens het voertuig bezet om gemakkelijker het gekozen gebied van Berlijn te betreden.

Ze hadden pech. Karl Martins mond vertrok tot een harde grijns die niet eens een glimlach was. Het doden bevredigde hem niet. Zelfs de vijanden niet. Dat zou niets oplossen en Berlijn ook niet redden. En, veel minder, naar Duitsland. Het was precies dat: nog een schermutseling. Een manier om met de vijand te betalen, leeft het leven van de gevallen landgenoten. Karl was geen nazi. Maar hij was Duits. Nu verdedigde hij een stuk land en een vlag, niet een politiek idee, een doctrine of een persoonlijkheid. Hij was tegen het nazisme, geen verrader.

Hij vorderde langzaam, het wapen in de aanslag. Hij onderzocht de gevallenen en controleerde of er niemand in leven was. Hij vermeed het kijken naar de gezichten van de dode soldaten. Hij had niets tegen hen. Het waren mensen, net als hij. Mannen met dezelfde problemen. Misschien hadden ze een vrouw, kinderen, ouders of broers en zussen die tevergeefs op hun terugkeer wachtten. Hij walgde van veel dingen. Hij schudde zijn hoofd, geschud.

'O, god,' fluisterde hij. Is het dat je nooit in vrede kunt leven?

Hij kwam naast de auto. Het was in goede staat. De Russen hadden er gelijk gebruik van gemaakt. Hij kwam in de verleiding om in de val te lopen, ware het niet dat hij bang was voor zowel de nazi- als de geallieerde patrouilles, en was ondergedoken, totdat hij hen later Russisch hoorde spreken en hun uniformen ontblootte.

"Ik kan het gebruiken om sneller te gaan", mijmerde hij. Ik moet me haasten om Erika te vinden... anders heb ik geen tijd. Het zal niet lang duren voordat de Russen de hele hoofdstad binnenvallen...

Hij deed nog een paar stappen. Toen stond er plotseling iemand in de auto en greep het machinepistool aan de achterkant dat op een draaiend statief stond. Ze hanteerden het angstaanjagende automatische wapen op hem, met verbazingwekkende precisie.

Karl, verrast door de aanwezigheid van de Russische soldaat, die eerder in het voertuig was verborgen, had een tijdje nodig om zichzelf weer op te bouwen. Maar toch kwam hij op tijd aan, voor heel weinig.

Het pistool was al op hem gericht, toen Karl Martin resoluut de trekker van zijn machinepistool overhaalde, zijn gezichtsuitdrukking trilde, zijn blonde lokken opstandig zwaaiden, zijn brede voorhoofd zweette van stof, rook en bloed.

Rat-at-at-at-at-at ...

Het gekletter ging gepaard met heet, vlammend speeksel. De Rus kuchte, haakte zijn handen over het machinegeweer van het voertuig, zwaaide heftig en zakte in elkaar, doof op het asfalt tuimelend, terwijl het bloed al uit zijn wonden en uit zijn mondhoeken gutste.

Deze keer was Karl voorzichtiger. Eerst prikte hij in het voertuig met de rokende loop van zijn machinepistool. Later kroop hij achter het stuur, nadat hij had geverifieerd dat de hele vijandelijke patrouille was verslagen. Hij zette het machinepistool op zijn knieën en startte de motor. Versneld.

Het voertuig ging verloren door de brede lanen met ruïnes en kale muren. Gedreven door een man die bleef zoeken, zoeken. Altijd zoekend, onvermoeibaar en vasthoudend.

* * *

De nacht van 28 op 29 was er weer een in Berlijns obsessieve nachtmerrie van bloed, vuur en afschuw.

De vroege uren van de 29e brachten een onverwachte gebeurtenis in de "bunker" van de Führer: zijn huwelijk met Eva Braun. Een tragische bruiloft, aan de vooravond van de dood ...

Himmler had hem al verraden, in een poging om vrede te sluiten in Duitsland met graaf Bernadotte. Göring werd gearresteerd door de SS-admiraal Dönitz werd bevestigd in de opvolging van het nazi-staatshoofd.

Dat gebeurde in de "Führerbunker" van de Berlijnse Kanselarij. Ondertussen, in een ander deel van de getroebleerde Duitse stad, komen twee andere personages, duisterder en meer genegeerd dan de Führer en zijn vrouw, aan hun zielige einde ...

* * *

"Nog één nacht... Dus, tot wanneer?

"Ik weet het niet. Niemand weet het. We moeten weerstand bieden. Zo lang mogelijk weerstaan.

En ... 'is' mogelijk, Dr. Ulmer?

"Ik weet het ook niet", bekende de militaire arts oprecht. "Ik denk dat ik nergens meer iets van weet, Erika. Deze oorlog, deze horror... ze hebben me van streek gemaakt. Ja, ik wil er niet eens aan denken. Dus dat? Het zou des te verschrikkelijker zijn.

'Veel meer...' Erika's ogen volgden de rijen gewonden. Velen van hen ongeneeslijk, anderen vreselijk verminkt. Meer dan eens werden benen of armen in de vuilnisbakken gegooid, als levenloze voorwerpen zonder waarde. En het waren menselijke ledematen, lichaamsdelen die door een operatie waren verminkt, een wanhopige poging om koste wat kost levens te redden.

"Ik weet wat je denkt. U bezoekt al enkele dagen noodhospitalen, nietwaar?

'Ja, dr. Ulmer. En ik ben geen verpleegster, dat ben ik nooit geweest. Hij zat in een buitenpost een straf uit. Dit... dit is geweldig voor mij. Ik weet niet of ik meer zal nemen.

"Hij verdraagt al veel." Dokter Ulmer keek haar peinzend aan. Je zegt dat ze haar hebben gestraft? WHO?

'De SS An-officier merkte me op en ik was niet erg toegankelijk voor hem. Hij nam wraak.

'De zeer...' de medische officier van het Reichsmilitaire Gezondheidskorps beheerste zichzelf. " De SS ... de Gestapo ... Dat alles heeft ons tot deze chaos geleid! Verrotting, egoïsme, ellendige parasieten die het bloed van Duitsland hebben gezogen, Erika ... Als het niet zo nodig was voor mij, ik zou je vragen... om hier weg te gaan, om te proberen te ontsnappen uit deze hel.

"Waarheen?" vroeg ze bitter.

"Ja, waarheen?" Mijmerde de dokter ", waarheen als alles deel uitmaakt van dezelfde hel? Je hebt niemand om op je te wachten, niemand om voor je te zorgen als... als je hier uit komt?

'Nee, dokter Ulmer. Ik had een neef. De Gestapo heeft haar vermoord. Mijn ouders stierven lang geleden ... Mijn huis werd tot zinken gebracht door Engelse bommenwerpers ... "Een moment verscheen het lachende gezicht, jong en energiek, van een arrogante officier van de" Panzer 21 "divisie in zijn geest. Hij verwierp dat beeltenis met een sceptisch, impulsief gebaar ". Nee, ik heb niemand, zeker niet. Als ik sterf, zullen ze ook niet om mij huilen ...

Dokter Ulmer staarde haar aan. Hij had gedacht die aarzeling op haar gezicht te zien. De medische officier glimlachte, schudde zijn hoofd en zei toen langzaam:

'Niemand die om haar rouwt, niemand die haar zoekt in deze gekwelde en verschrikkelijke wereld... Het is grappig, Erika.

Ze keek hem scherp aan. Hij knipperde met zijn ogen en verstond het accent niet dat Ulmer in zijn stem legde.

"Wat is nieuwsgierig?" Hij wilde het weten.

'Dat wat je hebt gezegd. Het is grappig dat ik niemand heb... en een man vertelde me vandaag anders.

"Een man!

'Ja. We vonden hem gewond door Russische granaatscherven in een van onze patrouillewagens. Hij is niet van de SS. Hij is luitenant van de 'Panzer Twenty-one'. Hij zwerft al dagen en dagen door Berlijn, onophoudelijk naar je op zoek. moet lang geduurd hebben om hier te komen...

"Karl! Karl Martin!

'Ik dacht dat je niemand kende die om je gaf, Erika. Dat is zijn naam...

"OMG! Karl ... "zijn knieën, handen, lippen trilden." Dit...?

Gewond, maar niet ernstig. Niets serieus. Hij had eerder een hoofdwond. Hij heeft anderen ontvangen. Hij is een sterke jongen als een stier. Hij had koorts. Er stond gewoon: "Erika, Erika... Erika." Ik ondervroeg hem, op een helder moment. Het was Erika Polman die hij zocht...

'Mijn God, ik moet hem zien!' Ze hapte naar adem. Ik moet u zien, dokter! Hij... hij heeft ook niemand...

"Oké, wauw. Hij zal kijken of hij het echt is "glimlachte Ulmer" -. Maar maak hem niet wakker. Ik heb een pijnstiller toegediend. Morgen kun je met hem praten. Was hij bij jou op de kanselarij?

"Ja...

'Nou, misschien kunnen ze daar teruggaan. Het hangt allemaal af van hoe hij is...

Maar Erika luisterde niet meer naar hem. Hij rende naar de man die het noodhospitaal binnenkwam, onophoudelijk zijn naam roepend. Ze verlangde ernaar te weten of Karl Martin echt leefde en de hel van Berlijn had afgereisd op zoek naar haar...

Toen hij voor zijn bed lag, klopte zijn hart hevig.

Mager, diep in slaap, zijn blonde baard lang, gewond, bleek, nauwelijks een schaduw van de arrogante officier die hij in de bunker had ontmoet. Maar hij was het. Het was Karel Maarten.

Zonder te weten waarom, betrapte ze zichzelf erop dat ze God dankte voor dat alles...

* * *

'Is het echt, dokter Ulmer?

De medische officier van het Duitse leger knikte met zijn massieve blonde hoofd.

'Ja,' zei hij kort. Er is geen tijd te verliezen. Vertrek vandaag. Morgen, 1 mei, zullen de Russen de bezetting van Berlijn hebben voltooid. Misschien kunnen je vrienden van de Kanselarij je een manier bieden om uit deze chaos te ontsnappen.

Karl, nog steeds aarzelend, schudde Ulmers hartelijk de hand. Hij stapte in het voertuig dat hij daar had gebracht en dat de dokter in perfecte staat bij hem terugkwam. Erika naast hem was bedekt met een militaire cape waarvan de emblemen waren afgescheurd. De dag was grijs, bijna koud en guur.

'Ik wens je veel succes,' mompelde Ulmer. Ze zullen het nodig hebben... wat er ook gebeurt.

Erika keek hem aan. Karel keek haar aan. Ze hadden nauwelijks iets tegen elkaar gezegd. Een groet, een handdruk bij het zien van beide, al bij bewustzijn Karl. Maar zijn handen trilden toen hij kneep. Er was iets, een magnetische stroom die van de een naar de ander ging. Maar geen woord. Niet eens een...

'Ga naar buiten, jongens,' drong Ulmer aan. "Het is zes uur 's middags en de nacht moet ze inhalen als ze terug zijn in de veiligheid van de bunker...

Karel knikte. Ze begroetten elkaar - beide mannen. Het voertuig vertrok, onder het gebrul van Russische en Amerikaanse vliegtuigen, op de achtergrond van het verbrijzelde, gehavende, vervallen Berlijn, geschokt door Sovjetgranaten, houwitsers en artillerie-salvo's.

Karl reed door verschillende straten, somber. Erika keek hem aan.

'Is het waar dat je de hele stad naar me hebt gezocht, Karl? -' vroeg ze.

"Ja het is juist...

"Gedurende de dagen?

"Ja.

'Oh mijn god... Hoe zit het met luitenant Wagner?

"Dood.

"En nu? Wat zal er gebeuren?

"Ik weet het niet. De SS heeft de gunst van de Führer verloren. Ze hebben hem allemaal verraden. Nu heb ik bijna medelijden met hem. Ondanks al het onrecht dat hij heeft gedaan ...

'Misschien... misschien komen we er nooit.

'Misschien. We kunnen sterven, Erika.

Of in de handen van de Russen vallen.

"Het is ook mogelijk" hij keek haar zijdelings aan. "Wat er ook gebeurt, Erika, ik wil dat je dat nu weet.

'Wie weet... wat, Karl?' Ze huiverde hevig.

"Ik hou van je, Erika.

"Karel!

"Ik heb altijd van je gehouden. Dat verklaart alles, nietwaar? "Ik probeerde hard te zijn. En hij kon het niet.

'O, Karl, lieverd...' ze leunde tegen hem aan, kuste zijn kleren, haar handen aan het stuur. Ze keek hem zielig, teder aan. "Karl, ik denk... ik denk dat ik altijd al iets met jou heb gehad. Maar deze verdomde oorlog...

"Ja, alles maakt het moeilijk. Maar het stelde ons in staat elkaar te ontmoeten, het heeft ons verenigd, het heeft ons gescheiden ... om ons nu weer te verenigen,

'En misschien zal het ons weer scheiden, Karl', trilde ze.

"Misschien. Als dat gebeurt...

"Wat?

'Als dat gebeurt, Erika..., dan wil ik dat je dit hoort.

'Vertel het me, Karel.

"Elke dag 30 april, sinds je terugkeert om de eigenaar van je acties te zijn, terwijl dit allemaal achter de rug is ...

"Praatjes.

"Wacht altijd op één plek op me.

"Welke?

"Een plaats genaamd Göttingen.

"Ja, Karel...

"Op de kleine plaatselijke begraafplaats..., voor het graf van een meisje genaamd Roszy Polman.

"Ja, ja!" Twee grote tranen rolden uit Erika's ogen.

'Ik heb het je een keer beloofd, Erika. Het is... het is een goede plek voor jou en mij om elkaar weer te ontmoeten... als het ooit gebeurt.

'Ik zal er zijn, Karl... elke 30 april. Het maakt niet uit hoeveel jaar er verstrijken...

Karel antwoordde niet. Plots remde hij de auto. Hij keek voor zich uit. Ze ving de spanning, de angst in zijn gebaar op. Hij keek daar ook. Karl Martin begon zijn machinepistool te pakken.

"Nee, Karl", peinsde hij. Het zou nutteloos zijn ... Alles is nu nutteloos.

Karel keek haar aan. Toen keek hij om naar de Russische voertuigen, de groepen gewapende Sovjetsoldaten, de officieren die de straten en ingangen bewaakten.

Hij hief zijn armen en mompelde:

"Je hebt gelijk. Alles is nu al nutteloos, Erika ...

Ookenn ze voedde opofjouw armen. De Russen kwamen op hen af. Een officier, pistool in de hand, vroeg:of In het Duitsnaarrudimentair z:

"Waar gingen ze heen?

Karí loog niet:

'Naar de Reichskanzlei.

"Met Hitler?" vroeg de Rus, verbaasd over zijn oprechtheid.

"Ja.

"Trouw aan hem?

'Trouw aan Duitsland, meneer.

De officier keek hen aan. Niet te vijandig. Hij gebaarde dat ze naar beneden moesten komen. Waren geregistreerd.

'Het heeft geen zin dat ze gaan', zei de Russische officier.

Karel antwoordde niet. De vijand bestudeerde hem, met een halve glimlach.

"Het zou nutteloos zijn, zelfs als ze onvoorwaardelijk waren geweest tegenover hun Führer", voegde hij eraan toe ". Het nieuws heeft zich als een lopend vuurtje door heel Berlijn verspreid, weet je. Adolf Hitler ... heeft zelfmoord gepleegd.

Karl tuitte zijn lippen. Zonder te weten waarom, kreeg hij weer medelijden. Het was absurd, maar hij voelde het. Hoewel hij het niet had moeten voelen. Misschien was hij te menselijk.

'Hij heeft zelfmoord gepleegd...' herhaalde hij langzaam. Dus echt, het was het einde.

"Ja, het is het einde van het Reich", zuchtte de Sovjet-officier. Laat me jou en de dame scheiden. Het is regelgevend, begrijp je? Hebben jullie elkaar al iets te zeggen? Het kan... het kan lang duren voordat ze elkaar weer zien.

"Ik begrijp het, ja." Karl staarde naar Erika. Hij glimlachte vrolijk naar haar vanaf zijn bleke gezicht. "Onthoud, schat. Op het kerkhof... een 30 april.

"Ik zal er zijn, Karl," beloofde Erika, terwijl ze de glimlach beantwoordde door tranen.

Ze werden later gescheiden. Berlijn beefde nog steeds onder artillerievuur. Maar het waren al de laatste stuiptrekkingen. De laatste...

In de "bunker" van de Kanselarij waren al twee lichamen gecremeerd, zodat niemand ze zou beledigen: Adolf Hitler en Eva Braun, op hun tragische huwelijksreis.

In een willekeurige straat in het vervallen Berlijn zijn twee wezens gescheiden, misschien wel voor altijd: Karl Martin, luitenant van de "Panzer 21", en Erika Polman ...

EPILOOG

"Voor altijd?"

Niet.

Op een dag in 1949, vier jaar later, lagen twee jonge rouwenden op het kleine kerkhof van Göttingen, Duitsland.

Voor een graf waar stond: 'Hier ligt Roszy Polman. Gedood in 1945. Gedood door de Gestapo. "

Iemand vertelde me erover in Göttingen. Meer heb ik niet willen weten. Het was tenslotte wat ik wilde. Een mooi einde van een bitter, hard en verschrikkelijk verhaal van de Tweede Wereldoorlog: dat van een "bunker" in Berlijn, en dat van enkele van de wezens die het bezetten in april 1945 ..., toen het Derde Rijk instortte.

EINDE

www.ingramcontent.com/pod-product-compliance
Lightning Source LLC
Chambersburg PA
CBHW031349160726
47993CB00002B/884